U0933953

Mingjia Jingpin Yuedu

名家精品阅读

朱自清散文

朱自清◎著

主编 高长春/简析 张玲玲 邹海兰

吉林出版集团/吉林文史出版社

一套批注式阅读的好书

李晓明

批注式阅读是我国传统的阅读方式之一。有些读者喜欢读书时在文中空白处写下自己独到的见解和感受，留下阅读时思考的痕迹，这样的阅读就是批注式阅读。

我国从古代开始就风行批注式阅读。俗称“春秋三传”的《左氏春秋传》、《春秋公羊传》、《春秋谷梁传》因对《春秋》的出色批注而出名，这三本批注式读本的出现，为《春秋》的广泛传播起了推波助澜的作用。汉魏时期，郦道元也因批注《水经》，而使他写的《水经注》名誉天下。东晋时期史学家裴松之批注的《三国志》，在查阅大量史料的基础上，以超过原文三倍的批注内容丰富了原书，使许多失载的史实得以保存。明清以来，小说盛行，批注之风日盛。如金圣叹批注《水浒传》，毛氏父子批注《三国演义》，张竹坡批注《金瓶梅》，脂砚斋批注《红楼梦》。这些优秀的批注笔记随同原著一起刊出，风行一时，成为其他读者再次阅读时的可贵借鉴，也成为文化界交流的重要方式之一。

近现代以来，批注式阅读仍然是伟人和有思想的文人读书的重要方式之一。毛泽东就有不动笔墨不读书的习惯。《毛泽东点评二十四史》对中国历史的研究和独到见解为世人所叹服。鲁迅先生也提出读书要眼到、口到、心到、手到、脑到。

国外的很多文学家和伟人也有批注式阅读的习惯。如列宁的《哲学笔记》就是由他读书时的批注和笔记汇编而成的马克思主义哲学的经典著作。

批注式阅读不应该只是文学家、史学家、哲学家的专利，它完全可以被普通的读者所掌握，成为一种值得提倡的阅读方式。当前，在中学广泛使用批注式阅读方式培养学生读书能力的，当首推东北师范大学附属中学。他们的具体做法是:全班同学同时阅读同一本书，每个人都在书旁的空白处写下自己的“书间笔痕”，在篇末写下“篇后悟语”。然后在全班的读书报告会上交流自己的感悟，写得最好的感悟文字作为全班的阅读心得在年级进行交流，再选出最好的感悟文字集结成书。东北师大附中在进行“语文教育民族化”的教改实验中，把批注式阅读的成果汇编成《启迪灵性的语文学习方式 孙立权“批注式阅读”教例》，成为各校开展批注式阅读的范例。

批注式阅读的好处是显而易见的。

首先，批注式阅读培养了读者的思维能力。与一般的读书不同，批注式阅读强调读者对读物的思考和独到的见解。大师们写下了自己的作品，有了自己的话语权。作为读者的我们，也不能丧失自己的话语权，不能只是被动地阅读别人的作品。批注式阅读提倡读书时发表个人的独到见解，即所谓“一千个读者就有一千个哈姆雷特”。鲁迅先生在《读书杂谈》中提倡读书时“仍要自己思索，自己观察。倘只看书，便变成书橱”，诺贝尔文学奖获得者萧伯纳和德国哲学家叔本华也都告诫过读者，如果读书时只能看到别人的思想艺术，不用自己的头脑思索的话，实际上是把自己的脑子让给别人做跑马场。孔子曰“学而不思则罔”，讲的也是同样的道理。如果不想把自己变成只会吸收别人思想的书橱，或者让自己的头脑完全变成别人的跑马场，那么，就学习一下批注式阅读吧。

其次，批注式阅读培养了读者的写作能力。因为批注式阅读是一种不动笔墨不读书的阅读方法，它直接培养了读者的写作能力。尤其是每篇作品后面的“篇后悟语”，简直就是一篇完整的评论文章。读书时常常动笔把自己的点滴体会记录下来，坚持这样做，一定会在写作能力的培养上有巨大的收获。

再次，批注式阅读促使读者自觉扩大阅读的广度。在东北师大附中的批注式阅读教改实验中发现，同学们为了提高自己的批注水平，常常出现“以文解文”、“以诗解诗”的情况。即阅读一篇文章或一首诗时，引用同类作品进行解读，批注效果往往令人拍案称奇。在批注王维的《辋川闲居赠裴秀才迪》的“倚杖柴门外，临风听暮蝉”一句时，就有两名同学分别写到：“领联与王籍《入若耶溪》中‘蝉噪林逾静，鸟鸣山更幽’有异曲同工之妙：用声响来反衬所在环境的静雅清幽。”“这是‘居高声播远，因是藉秋风’，与虞世南的‘居高声自远，非是藉秋风’不同。”同学们为了写出自己的独到见解，查阅更多的同类作品，不仅提高了自己的批注水平，也扩大了知识面。

最后，批注式阅读为读者间的交流提供了平台。一般认为，读书只是个人的活动，与他人无关。但批注式阅读不同，它可以把批注的成果提供给别人，成为大家交流思想和见解的平台。像脂砚斋批注的《红楼梦》、金圣叹批注的《水浒传》等，对后世读者的启迪作用是有目共睹的。即使在中学生中进行的批注式阅读，也在全班、全年级乃至更大的范围内，提供了大家交流思想、发表不同见解的平台，这种同龄人之间的读书心得交流，是非常有益的。

我们出版的这套“名家精品阅读”与同类读物不同，它不仅向读者提供了优秀的文学作品，同时在每一页给读者留下了写批注式阅读心得的空间，使读者可以很方便地、随时写下自己的读书心得。如果几十年后，拿出本书看一看，你会惊喜地看到自己当年心灵成长的轨迹。

我们在每本书的前面精选了一篇作家的代表作进行批注式阅读，给大家提供一个样本。读者们也可以根据自己的喜好，从不同的角度进行批注。相信读者们一定会写出比范文更优秀的读书心得，让阅读成为一件非常快乐的事情。

2011 年 9 月于东北师范大学文学院

朱自清的散文艺术

李晓明

朱自清是大家耳熟能详的著名作家和学者。提起朱自清的作品，一般的中国读者都能顺口说出《背影》、《荷塘月色》、《春》等，这些脍炙人口的散文名篇，不仅入选了大陆的中学课本，而且在香港、台湾，乃至整个东南亚都是中学语文教材的入选篇目。

朱自清 1916 年考入北京大学预科，按照学校的规定，学生应在预科读二年，然后才能考本科。但这期间因为父亲失业、祖母去世等原因，家庭经济十分拮据。朱自清遂提前一年结束了预科的学习，又提前一年结束了本科的学习，于 1920 年大学毕业，回到家乡扬州教书，后来辗转到过好多学校任教，1948 年 8 月 12 日病逝于清华大学中文系。

朱自清是个特别勤奋的人，一生著作等身。除诸多学术专著外，他还创作了大量的诗歌、散文。朱自清在大学读书期间，“五四”运动爆发了，他决心做一名无愧于这个时代的新青年，于是用手中的笔写了大量的诗歌，成为鼓吹时代进军的号角。参加工作以后，他的创作兴趣逐渐转移到散文方面。

“五四”运动过后，散文界出现了崇洋和复古两种倾向，这是“五四”运动由高潮转入低谷，一部分文人逃避现实的产物。此时，朱自清散文的发表，给人耳目一新的感觉。著名作家李广田评价朱

自清的散文时说 :“在当时的作家中，有的从旧垒中来，往往有陈腐气；有的从外国来，往往有太多的洋气，尤其是往往带来了西欧世纪末的颓废气息。朱先生则不然，他的作品一开始就建立了一种纯正的新鲜作风。”

这本《朱自清散文》是从他的大量散文作品中精选出来的，入选这本散文集的作品有四类，分别是记人散文、写景散文、说理散文和游记。

朱自清一生做教师，社会交往圈子比较小，他本人又是十分严谨的人，不善于交际，所以，他的记人散文写的多为自己的家人、朋友和学生。朱自清记人散文的最大特点是凝聚着浓郁的真情，因为朱自清本人就是一个有真性情的人。

在记人散文中，最感人的当属《背影》。1917 年冬天，朱自清的祖母在扬州病逝，此时父亲交卸了差事，赋闲在家，为了办祖母的丧事，不得已典当了一部分家产，又借了一笔高利贷。办完丧事，父子二人在南京分手，朱自清回北京继续上学，其父在南京找工作。父亲因为忙，本来说好不去车站送行了，但临行时不放心，还是把儿子亲自送到火车上。一路上，朱自清对父亲跟脚夫讲价钱、托火车上的茶房照顾自己等举动十分不满，认为父亲太迂。直到看见父亲买橘子的背影，父子之间的隔阂才得以彻底消除。父亲蹒跚地爬月台的背影给朱自清留下了难以磨灭的印象，1925 年 10 月，他把这次经历写成《背影》发表，立刻引起轰动。文中用淡淡的笔墨叙述的是一系列生活琐事，但在困境中父子间相濡以沫的亲情，却润湿了无数读者的眼睛。《背影》中最感人的地方是对父亲买橘子的背影的描写 : 父亲戴的是黑布小帽，穿着黑布大马褂，深青布棉袍。父亲戴孝期间一直穿着这样的装束，但此时才使朱自清感到这个熟悉的装束特别令他感动。接下去是动作描写，表面上看，是很平常的攀爬月台的动作，但其中的每一个微小的细节都饱含着父亲对儿子深切的爱 :“蹒跚地走到铁道边”，预示着爬对面的月台一定有困难。

果然，“用两手攀着上面”，说明月台之高；“两脚再向上缩”，说明吃力之很；“向左微倾”更凸显了父亲用双手支撑自己肥胖的身体时右手的颤抖。联想到父亲老境的颓唐，怎能不让儿子百感交集。作者避开对父亲肖像的正面描写，专门选取背影来表现父爱，别具一格的刻画角度，令人称奇，加之文中不断地自我反省，巧妙地突出了对父亲的思念之深。

如果说对父爱的刻画还是比较含蓄的，那么，对亡妇的追思则直白得多。朱自清与结发妻子武钟谦虽是奉父母之命、媒妁之言定的旧式婚姻，但结婚十二年间，夫妻感情甚笃。武氏性情温顺，对孩子、对丈夫竭尽全力，是典型的贤妻良母。1926 年，她病逝于扬州。中年丧妻，令朱自清肝肠寸断。1932 年 8 月，他携新婚妻子回到故乡，又特意去祭扫了前妻之墓。回到北京以后，在一个秋风低吟的深夜，他凭窗枯坐，再一次强烈地怀念起前妻，于是用第二人称“你”，直接与妻子对话，历数夫妻间的旧事，想到妻子生前对孩子、对丈夫的恩情，感到自己很对不起她。武氏除了为朱自清养育了六个儿女外，还卖掉了自己的金镯子供丈夫读书，在浙江遇到两次兵变，武氏带着母亲和一群孩子东躲西藏，还细心地带着朱自清一箱箱的书。武氏对朱自清的支持不仅是经济上的，更重要的是感情上的，朱自清对此十分感激。但是，在武氏生前，他从未表示过这种感激之情，死后又无从表示，真乃人生一大憾事。作者把思念亡妇的无限酸楚和哀痛之情蕴于叙事之中，在平实朴素的诉说中，表达了对亡妇的悲悼之情，成为悼亡作品中的佳作。

朱自清善于抓住人物的特点进行描写，如《儿女》中，三岁的润儿“有时学我，将两手叠在背后，一摇一摆的”，五个月大的阿毛“用手指去拨弄她的下巴，或向她做趣脸，她便会张开没牙的嘴格格地笑，笑得像一朵正开的花”，寥寥几笔，就把孩子们的天真可爱描写得淋漓尽致。

朱自清待人十分真诚，对朋友一诺千金。《〈梅花〉后记》和《白采》是两篇有关联的散文。当年朱自清在温州八中教书时，一个名叫李芳（无隅）的学生寄来一本诗集请他删改并作序，因为事情忙，拖延了一段时间，不意李芳竟病死在上海。白采与李芳是朋友，写了一篇小说《作诗的儿子》纪念李芳，里面说到了李芳的遗稿，并且对朱自清颇有微词。通过几次信后，朱白二人竟成了朋友。朱自清还答应为白采的作品写一篇评论文章，未等这篇评论问世，白采也撒手人寰。两篇散文弥漫着对故友的无限哀思。

朱自清的写景散文也颇见功力。《荷塘月色》是其写景散文的代表作，它如同一幅精致的工笔画。1927 年，蒋介石叛变革命，在上海发动了“四·一二”反革命政变，带着血腥味儿的白色恐怖笼罩着全中国。朱自清虽身处相对平静的清华园，但也受到威胁，有人要他加入国民党，否则连职业恐怕也找不到。朱自清经过慎重考虑，决定不参加国民党，“还是暂时超然的好”。但他仍然感到“心里颇不宁静”，于是在一个夏夜独自去逛清华园中的荷塘。荷塘和月色本是水乳交融、浑然一体的，他却把它们“剥开来看，拆穿来看”，于是笔下出现了月色下的荷塘和荷塘上的月色两部分。在写月色下的荷塘时，他调动了视觉、嗅觉、听觉器官，从动、静两个方面描写了荷叶、荷花、荷香、荷波，并间用了通感、拟人、比喻、排比等修辞手法，把月色下的荷塘描绘得美轮美奂。荷塘上的月色是比较难于描写的，因为月色空灵无形，不容易刻画。朱自清从月色照在荷塘及周围的景物时构成的明暗色调对比来表现月色。他先把月光比作“流水”，“静静地泻在这一片叶子和花上”，使无形的月色变为有形；再通过塘中升起的雾气，写月光的温柔和润泽；然后用小睡比喻淡淡云霭下的月光；最后写荷塘周围树丛中的月影，把并不均匀的月色形容为“梵娜玲上奏着的名曲”，再一次把视觉形象转化为听觉形象，使月色之美达到了极致。作者欣赏美好的景致时，虽没有用浓墨重彩写心里的不平静，但笔下始终夹杂着淡淡的哀愁，令读者能够感受到他作为正直的知识分子对国家命运的无限担忧。

1931年8月，朱自清获得了清华大学公费出国游历的机会，到欧洲进行为期一年的访学游历，本书所选《威尼斯》、《佛罗伦司》、《罗马》、《滂卑故城》、《瑞士》、《荷兰》、《柏林》、《德瑞司登》、《莱茵河》、《巴黎》10篇文章，记叙的就是作者这次游历欧洲的见闻。因为发表在《中学生》杂志上，这些游记一改20世纪20年代散文表现浓郁的个人情感的写作风格，尽量平实客观地记录自己的见闻，很少发表个人的见解。他说："书中各篇以记述景物为主，极少说到自己的地方。这是有意避免的：一则自己外行，何必放言高论；二则这个时代，'身边琐事'说来到底无谓。"从作者生动的记叙描写中，读者能清晰地了解欧洲的建筑、美术、历史、人文方面的知识，了解欧洲的名胜古迹。

朱自清在大学读的是哲学系，虽然毕业后一直教中文，但哲学功底对他的写作还是有影响的，这从他的说理散文就能看出来。《论吃饭》是他说理散文中的一篇。1937年"七七"事变后，日本帝国主义把侵略魔爪伸向华北，清华大学师生被迫撤离，最后在昆明落脚，成立西南联合大学。经过艰苦的八年抗战，中国人民并没有盼来和平安定的生活，国民党的腐朽统治把广大人民再一次逼到饥饿的死亡线上。1947年，全国很多城市发生了饥民抢米、"吃大户"的风潮。上海7000余学生举行了反饥饿、反内战、反迫害的示威游行。北平的3万大中学生也举行了同样的示威游行。此时，朱自清的家中也面临饥荒。他本人胃病已经到了晚期，年轻时的朱自清，是一个很敦实的胖子，现在体重已降到只有七十多斤。因为通货膨胀，学校给教授的薪酬早已入不敷出，朱自清家中孩子又多，情况就更危机。他联想到自己在四川时看到的"吃大户"的情景，配合着这次反饥饿斗争，写出了《论吃饭》这篇说理散文。文章从"民以食为天"入手，举出古今中外的例子，说明饥民造反是因为"吃饭第一"，这是自然的需求，是基本的生存权利。因此，儒家推崇的"贫贱不能移"、"饿死事小，失节事大"的道理都是愚蠢的，是吃人的礼教。统治阶级之所以鼓吹这些东西，是因为他们爬到了“人上人”的地位，可以吃得好，穿得好，玩儿得好，他们没有饥饿的威胁。因此，朱自清在文章中支持饥民造反，指出他们应该有饭吃，“吃大户”的行动不仅是合法的，也是应该的。文章最后号召，把这次反饥饿斗争组织起来，变成一种集体的、有组织的行动，这样才能“压不了也打不散的，直到大家有饭吃的那一天”。

朱自清把民众的吃饭问题提到人权的高度去认识，他自己却宁愿饿死，也不肯吃美国的救济面粉。1948 年 5 月，上海和北平学生发起了反对美帝国主义扶植日本侵略势力的签名运动和示威游行。当时的通货膨胀已经到了用数万元才能买一包香烟的程度。国民党政府为了收买知识分子，给他们发了一种配购证，可以用它购买低价的“美援面粉”，朱自清此时的胃病已经到了晚期，急需补充大量的营养，但他毅然在《抗议美国扶日政策并拒绝领取美援面粉宣言》上庄重地签上了自己的名字。8 月 6 日，他因胃穿孔被送到北大医院动手术，10 日，病情突然恶化，他对身边的妻子和孩子一字一句地交待说:“有件事要记住，我是在拒绝美援面粉的文件上签过名的，我们家以后不买国民党的美国面粉。”这是他留给家人的最后遗嘱，第二天，他就与世长辞了。

毛泽东主席在 1949 年 8 月撰写的《别了，司徒雷登》一文中，高度评价朱自清“一身重病，宁可饿死，不领美国的‘救济粮’”，说他“表现了我们民族的英雄气概”。朱自清是中华民族真正的“脊梁”，他的散文作品，就是他人品的最好诠释。

目 录
contents

批注式阅读范例

批注式阅读范例

荷塘月色

批注空间

这几天心里颇不宁静。今晚在院子里坐着乘凉，忽然想起日日走过的荷塘，在这满月的光里，总该另有一番样子吧。月亮渐渐地升高了，墙外马路上孩子们的欢笑，已经听不见了；妻在屋里拍着闰儿，迷迷糊糊地哼着眠歌。我悄悄地披了大衫，带上门出去。(1)

沿着荷塘，是一条曲折的小煤屑路。这是一条幽僻的路；白天也少人走，夜晚更加寂寞。荷塘四面，长着许多树，蓊蓊郁郁的。路的一旁，是些杨柳，和一些不知道名字的树。没有月光的晚上，这路上阴森森的，有些怕人。今晚却很好，虽然月光也还是淡淡的。(2)

路上只我一个人，背着手踱着。这一片天地好像是我的；我也像超出了平常的自己，到了另一世界里。我爱热闹，也爱冷静。爱群居，也爱独处。像今晚上，一个人在这苍茫的月下，什么都可以想，什么都可以不想，便觉是个自由的人。(3) 白天里一定要做的事，一定要说的话，现在都可不理。这是独处的妙处，我且受用这无边的荷香月色好了。

曲曲折折的荷塘上面，弥望的是田田的叶子。叶

(1) 内心的颇不宁静与安静的环境之间的不和谐令“我”向往“另一个世界”。

(2) 带着淡淡的哀愁、无奈与苦闷在曲折的煤屑路上踽踽独行，内心不平静。

(3) 在荷塘月色中一人独处，偶得人生的“自由”，内心获得暂时的“平静”。

子出水很高，像亭亭的舞女的裙。(4)层层的叶子中间，零星地点缀着些白花，有袅娜地开着的，有羞涩地打着朵儿的；(5) 正如一粒粒的明珠，又如碧天里的星星，又如刚出浴的美人。微风过处，送来缕缕清香，仿佛远处高楼上渺茫的歌声似的。(6) 这时候叶子与花也有一丝的颤动，像闪电般，霎时传过荷塘的那边去了。叶子本是肩并肩密密地挨着，这便宛然有了一道凝碧的波痕。叶子底下是脉脉的流水，遮住了，不能见一些颜色；而叶子却更见风致了。(7)

月光如流水一般，静静地泻在这一片叶子和花上。薄薄的青雾浮起在荷塘里。叶子和花仿佛在牛乳中洗过一样；又像笼着轻纱的梦。虽然是满月，天上却有一层淡淡的云，所以不能朗照；但我以为这恰是到了好处——酣眠固不可少，小睡也别有风味的。(8) 月光是隔了树照过来的，高处丛生的灌木，落下参差的斑驳的黑影，峭楞楞如鬼一般；弯弯的杨柳的稀疏的倩影，却又像是画在荷叶上。塘中的月色并不均匀；但光与影有着和谐的旋律，如梵婀玲上奏着的名曲。(9)

荷塘的四面，远远近近，高高低低都是树，而杨柳最多。这些树将一片荷塘重重围住；只在小路一旁，漏着几段空隙，像是特为月光留下的。树色一例是阴阴的，乍看像一团烟雾；但杨柳的丰姿，便在烟雾里也辨得出。树梢上隐隐约约的是一带远山，只有些大意罢了。树缝里也漏着一两点路灯光，没精打采的，是渴睡人的眼。这时候最热闹的，要数树上的蝉声与水里的蛙声；但热闹是它们的，我什么也没有。(10)

忽然想起采莲的事情来了。采莲是江南的旧俗，似乎很早就有，而六朝时为盛；从诗歌里可以约略知道。采莲的是少年的女子，她们是荡着小船，唱着艳歌去的。采莲人不用说很多，还有看采莲的人。那是一个热闹的季节，也是一个风流的季节。梁元帝《采

(4) 比喻。

(5)排比和拟人。

(6) 通感的修辞手法。把嗅觉的荷香移为听觉的歌声。

(7) 荷塘的美景使作者的心获得片刻的喜悦和安宁。

(8) 月色朦胧，月影疏离。淡淡的云遮住了部分月光，虽不似酣畅的美梦，却如小憩般可人。

(9) 再次使用通感的修辞手法，光与影和谐交织成我的“梦”。正如苏轼《记承天寺夜游》中对月色的描绘：“庭下如积水空明，水中藻荇交横，盖竹柏影也。”

(10) 此处与辛弃疾《西江月·夜行黄沙道中》“明月别枝惊鹊，清风半夜鸣蝉。稻花香里说丰年，听取蛙声一片”境同情不同。隐含万物自由唯我不自由的苦闷。

莲赋》里说得好：

于是妖童媛女，荡舟心许；鹢首徐回，兼传羽杯；櫂擢将移而藻挂，船欲动而萍开。尔其纤腰束素，迁延顾步；夏始春余，叶嫩花初，恐沾裳而浅笑，畏倾船而敛裾。

可见当时嬉游的光景了。这真是有趣的事，可惜我们现在早已无福消受了。(11)

于是又记起《西洲曲》里的句子：

采莲南塘秋，莲花过人头；低头弄莲子，莲子清如水。(12)

今晚若有采莲人,这儿的莲花也算得“过人头”了；只不见一些流水的影子，是不行的。这令我到底惦着江南了。——这样想着，猛一抬头，不觉已是自己的门前；轻轻地推门进去，什么声息也没有，妻已睡熟好久了。

1927年7月，北京清华园

（11）窈窕淑女，君子好逑，“我”多么羡慕这种“风流”与自由啊。不由得道出思古之幽情。

（12）结尾引《西洲曲》里的诗句，把我带回了现实，依然苦闷彷徨，暂且得以排解的内心又陷入不能平静。

刘华北　批注

简析

《荷塘月色》是现代抒情散文的名篇。文章对“荷塘月色”进行了细腻的描绘，多种修辞手法的运用将荷塘月色描绘得活灵活现，令人叫绝，含蓄而又委婉地表达了作者不满现实，渴望自由，想超脱现实而又不能的复杂的思想感情，令我们感受到了朱自清先生关心国事、忧虑国家和民族前途的心境，看到他肩负民族道义在历史的道路上艰难摸索的身影，为我们留下了旧中国正直知识分子在苦难中徘徊前进的足迹。

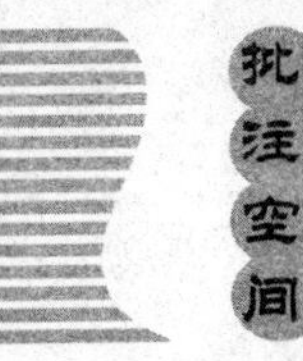

儿　女

我现在已是五个儿女的父亲了。想起圣陶喜欢用的“蜗牛背了壳”的比喻，便觉得不自在。新近一位亲戚嘲笑我说，“要剥层皮呢！”更有些悚然了。十年前刚结婚的时候，在胡适之先生的《藏晖室札记》里，见过一条，说世界上有许多伟大的人物是不结婚的；文中并引培根的话，“有妻子者，其命定矣。”当时确吃了一惊，仿佛梦醒一般；但是家里已是不由分说给娶了媳妇，又有甚么可说？现在是一个媳妇，跟着来了五个孩子；两个肩头上，加上这么重一副担子，真不知怎样走才好。“命定”是不用说了；从孩子们那一面说，他们该怎样长大，也正是可以忧虑的事。我是个彻头彻尾自私的人，做丈夫已是勉强，做父亲更是不成。自然，“子孙崇拜”，“儿童本位”的哲理或伦理，我也有些知道；既做着父亲，闭了眼抹杀孩子们的权利，知道是不行的。可惜这只是理论，实际上我是仍旧按照古老的传统，在野蛮地对付着，和普通的父亲一样。近来差不多是中年的人了，才渐渐觉得自己的残酷；想着孩子们受过的体罚和叱责，始终不能辩解——像抚摩着旧创痕那样，我的心酸溜溜的。有一回，读了有岛武郎《与幼小者》的译文，对了那种伟大的，沉挚的态度，我竟流下泪来了。去年父亲来信，问起阿九，那时阿九还在白马湖呢；信上说，“我没有耽误你，你也不要耽误他才好。”我为这句话哭了一场；我为什么不像父亲的仁慈？我不该忘记，父亲怎样待我们来着！人性许真是二元的，我是这样的矛盾；我的心像钟摆似的来去。

你读过鲁迅先生的《幸福的家庭》么？我的便是那一类的“幸福的家庭”！每天午饭和晚饭，就如两次潮水一般。先是孩子们你来他去地在厨房与饭间里查看，一面催我或妻发“开饭”的命令。急促繁碎的脚步，夹着笑和嚷，一阵阵袭来，直到命令发出为止。他们一递一个地跑着喊着，将命令传给厨房里用人；便立刻抢着回来搬凳子。于是这个说，“我坐这儿！”那个说，“大哥不让我！”大哥却说，“小妹打我！”我给他们调解，说好话。但是他们有时候很固执，我有时候也不耐烦，这便用着叱责了；叱责还不行，不由自主地，我的沉重的手掌便到他们身上了。于是哭的哭，坐的坐，局面才算定了。接着可又你要大碗，他要小碗，你说红筷子好，他说黑筷子好；这个要干饭，那个要稀饭，要茶要汤，要鱼要肉，要豆腐，要萝卜；你说他菜多，他说你菜好。妻是照例安慰着他们，但这显然是太迂缓了。我是个暴躁的人，怎么等得及？不用说，用老法子将他们立刻征服了；虽然有哭的，不久也就抹着泪捧起碗了。吃完了，纷纷爬下凳子，桌上是饭粒呀，汤汁呀，骨头呀，渣滓呀，加上纵横的筷子，欹斜的匙子，就如一块花花绿绿的地图模型。吃饭而外，他们的大事便是游戏。游戏时，大的有大主意，小的有小主意，各自坚持不下，于是争执起来；或者大的欺负了小的，或者小的竟欺负了大的，被欺负的哭着嚷着，到我或妻的面前诉苦；我大抵仍旧要用老法子来判断的，但不理的时候也有。最为难的，是争夺玩具的时候：这一个的与那一个的是同样的东西，却偏要那一个的；而那一个便偏不答应。在这种情形之下，不论如何，终于是非哭了不可的。这些事件自然不至于天天全有，但大致总有好些起。我若坐在家里看书或写什么东西，管保一点钟里要分几回心，或站起来一两次的。若是雨天或礼拜日，孩子们在家的多，那么，摊开书竟看不下一行，提起笔也写不出一个字的事，也有过的。我常和妻说，“我们家真是成日的千军万马呀！”有时是不但“成日”，连夜里也有兵马在进行着，在有吃乳或生病的孩子的时候！

我结婚那一年，才十九岁。二十一岁，有了阿九；二十三岁，又有了阿菜。那时我正像一匹野马，哪能容忍这些累赘的鞍鞯，

批注空间

辔头，和缰绳？摆脱也知是不行的，但不自觉地时时在摆脱着。现在回想起来，那些日子，真苦了这两个孩子；真是难以宽宥的种种暴行呢！阿九才两岁半的样子，我们住在杭州的学校里。不知怎地，这孩子特别爱哭，又特别怕生人。一不见了母亲，或来了客，就哇哇地哭起来了。学校里住着许多人，我不能让他扰着他们，而客人也总是常有的；我懊恼极了，有一回，特地骗出了妻，关了门，将他按在地下打了一顿。这件事，妻到现在说起来，还觉得有些不忍；她说我的手太辣了，到底还是两岁半的孩子！我近年常想着那时的光景，也觉黯然。阿菜在台州，那是更小了；才过了周岁，还不大会走路。也是为了缠着母亲的缘故吧，我将她紧紧地按在墙角里，直哭喊了三四分钟；因此生了好几天病。妻说，那时真寒心呢！但我的苦痛也是真的。我曾给圣陶写信，说孩子们的磨折，实在无法奈何；有时竟觉着还是自杀的好。这虽是气愤的话，但这样的心情，确也有过的。后来孩子是多起来了，磨折也磨折得久了，少年的锋棱渐渐地钝起来了；加以增长的年岁增长了理性的裁制力，我能够忍耐了——觉得从前真是一个“不成材的父亲”，如我给另一个朋友信里所说。但我的孩子们在幼小时，确比别人的特别不安静，我至今还觉如此。我想这大约还是由于我们抚育不得法；从前只一味地责备孩子，让他们代我们负起责任，却未免是可耻的残酷了！

正面意义的“幸福”，其实也未尝没有。正如谁所说，小的总是可爱，孩子们的小模样，小心眼儿，确有些教人舍不得的。阿毛现在五个月了，你用手指去拨弄她的下巴，或向她做趣脸，她便会张开没牙的嘴格格地笑，笑得像一朵正开的花。她不愿在屋里待着；待久了，便大声儿嚷。妻常说，“姑娘又要出去溜达了。”她说她像鸟儿般，每天总得到外面溜一些时候。润儿上个月刚过了三岁，笨得很，话还没有学好呢。他只能说三四个字的短语或句子，文法错误，发音模糊，又得费气力说出；我们老是要笑他的。他说“好”字，总变成“小”字；问他“好不好”？他便说“小”，或“不小”。我们常常逗着他说这个字玩儿；他似乎有些觉得，近来偶然也能说出正确的“好”字了——

特别在我们故意说成“小”字的时候。他有一只搪瓷碗，是一毛来钱买的；买来时，老妈子教给他，“这是一毛钱。”他便记住“一毛”两个字，管那只碗叫“一毛”，有时竟省称为“毛”。这在新来的老妈子，是必需翻译了才懂的。他不好意思，或见着生客时，便咧着嘴痴笑；我们常用了土话，叫他做“呆瓜”。他是个小胖子，短短的腿，走起路来，蹒跚可笑；若快走或跑，便更“好看”了。他有时学我，将两手叠在背后，一摇一摆的；那是他自己和我们都要乐的。他的大姊便是阿菜，已是七岁多了，在小学校里念着书。在饭桌上，一定得　　唆唆地报告些同学或他们父母的事情；气喘喘地说着，不管你爱听不爱听。说完了总问我：“爸爸认识么？”“爸爸知道么？”妻常禁止她吃饭时说话，所以她总是问我。她的问题真多：看电影便问电影里的是不是人？是不是真人？怎么不说话？看照相也是一样。不知谁告诉她，兵是要打人的。她回来便问，兵是人么？为什么打人？近来大约听了先生的话，回来又问张作霖的兵是帮谁的？蒋介石的兵是不是帮我们的？诸如此类的问题，每天短不了，常常闹得我不知怎样答才行。她和润儿在一处玩儿，一大一小，不很合式，老是吵着哭着。但合式的时候也有：譬如这个往床底下躲，那个便钻进去追着；这个钻出来，那个也跟着——从这个床到那个床，只听见笑着，嚷着，喘着，真如妻所说，像小狗似的。现在在京的，便只有这三个孩子；阿九和转儿是去年北来时，让母亲暂时带回扬州去了。

阿九是欢喜书的孩子。他爱看《水浒》，《西游记》，《三侠五义》，《小朋友》等；没有事便捧着书坐着或躺着看。只不欢喜《红楼梦》，说是没有味儿。是的，《红楼梦》的味儿，一个十岁的孩子，那里能领略呢？去年我们事实上只能带两个孩子来；因为他大些，而转儿是一直跟着祖母的，便在上海将他俩丢下。我清清楚楚记得那分别的一个早上。我领着阿九从二洋泾桥的旅馆出来，送他到母亲和转儿住着的亲戚家去。妻嘱咐说，“买点吃的给他们吧。”我们走过四马路，到一家茶食铺里。阿九说要熏鱼，我给买了；又买了饼干，是给转儿的。便乘电车到海宁路。下车时，看着他的害怕与累赘，很觉恻然。到亲戚家，

因为就要回旅馆收拾上船，只说了一两句话便出来；转儿望望我，没说什么，阿九是和祖母说什么去了。我回头看了他们一眼，硬着头皮走了。后来妻告诉我，阿九背地里向她说："我知道爸爸欢喜小妹，不带我上北京去。"其实这是冤枉的。他又曾和我们说，"暑假时一定来接我啊！"我们当时答应着；但现在已是第二个暑假了，他们还在迢迢的扬州待着。他们是恨着我们呢？还是惦着我们呢？妻是一年来老放不下这两个，常常独自暗中流泪；但我有什么法子呢！想到"只为家贫成聚散"一句无名的诗，不禁有些凄然。转儿与我较生疏些。但去年离开白马湖时，她也曾用了生硬的扬州话（那时她还没有到过扬州呢），和那特别尖的小嗓子向着我："我要到北京去。"她晓得什么北京，只跟着大孩子们说罢了；但当时听着，现在想着的我，却真是抱歉呢。这兄妹俩离开我，原是常事，离开母亲，虽也有过一回，这回可是太长了；小小的心儿，知道是怎样忍耐那寂寞来着！

我的朋友大概都是爱孩子的。少谷有一回写信责备我，说儿女的吵闹，也是很有趣的，何至可厌到如我所说；他说他真不解。子恺为他家华瞻写的文章，真是"蔼然仁者之言"。圣陶也常常为孩子操心：小学毕业了，到什么中学好呢？——这样的话，他和我说过两三回了。我对他们只有惭愧！可是近来我也渐渐觉着自己的责任。我想，第一该将孩子们团聚起来，其次便该给他们些力量。我亲眼见过一个爱儿女的人，因为不曾好好地教育他们，便将他们荒废了。他并不是溺爱，只是没有耐心去料理他们，他们便不能成材了。我想我若照现在这样下去，孩子们也便危险了。我得计划着，让他们渐渐知道怎样去做人才行。但是要不要他们像我自己呢？这一层，我在白马湖教初中学生时，也曾从师生的立场上问过丏尊，他毫不踌躇地说，"自然 。"近来与平伯谈起教子，他却答得妙，"总不希望比自己坏 。"是的，只要不"比自己坏"就行，"像"不"像"倒是不在乎的。职业，人生观等，还是由他们自己去定的好；自己顶可贵，只要指导，帮助他们去发展自己，便是极贤明的办法。

予同说，"我们得让子女在大学毕了业，才算尽了责任。"说，"不然，要看我们的经济，他们的材质与志愿；若是中学毕了业，不能或不愿升学，便去做别的事，譬如做工人吧，那也并非不行的。”自然，人的好坏与成败，也不尽靠学校教育；说是非大学毕业不可，也许只是我们的偏见。在这件事上，我现在毫不能有一定的主意；特别是这个变动不居的时代，知道将来怎样？好在孩子们还小，将来的事且等将来吧。目前所能做的，只是培养他们基本的力量——胸襟与眼光；孩子们还是孩子们，自然说不上高的远的，慢慢从近处小处下手便了。这自然也只能先按照我自己的样子；“神而明之，存乎其人，”光辉也罢，倒楣也罢，平凡也罢，让他们各尽各的力去。我只希望如我所想的，从此好好地做一回父亲，便自称心满意。——想到那“狂人”“救救孩子”的呼声，我怎敢不悚然自勉呢？

1928 年 6 月 24 日晚写毕，北京清华园

批注空间

简析

读罢此文，作为儿女的人都应有所感慨，是谁给了我们生命？是谁教会我们做人？是谁搀扶我们踏上崎岖的人生之路？其答案就是父母。儿女无论是聪明还是愚钝，是懂事还是任性，是事业有成还是默默无闻，父母都会用宽大的心来接受他们，父母将自己伟岸的身躯化做高山，托起了儿女的未来。这篇散文用朴素、自然、生动的语言描写了生活的原貌，我们从中体会到了这份爱。被爱的人啊，应该用什么去回报这份挚爱亲情呢？

背影

我与父亲不相见已二年余了，我最不能忘记的是他的背影。

那年冬天，祖母死了，父亲的差使也交卸了，正是祸不单行的日子，我从北京到徐州，打算跟着父亲奔丧回家。到徐州见着父亲，看见满院狼藉的东西，又想起祖母，不禁簌簌地流下眼泪。父亲说：“事已如此，不必难过，好在天无绝人之路！”

回家变卖典质，父亲还了亏空；又借钱办了丧事。这些日子，家中光景很是惨澹，一半为了丧事，一半为了父亲赋闲。丧事完毕，父亲要到南京谋事，我也要回北京念书，我们便同行。

到南京时，有朋友约去游逛，勾留了一日；第二日上午便须渡江到浦口，下午上车北去。父亲因为事忙，本已说定不送我，叫旅馆里一个熟识的茶房陪我同去。他再三嘱咐茶房，甚是仔细。但他终于不放心，怕茶房不妥帖；颇踌躇了一会。其实我那年已二十岁，北京已来往过两三次，是没有甚么要紧的了。他踌躇了一会，终于决定还是自己送我去。我两三回劝他不必去；他只说，“不要紧，他们去不好！”

我们过了江，进了车站。我买票，他忙着照看行李。行李太多了，得向脚夫行些小费，才可过去。他便又忙着和他们讲

批注空间

价钱。我那时真是聪明过分，总觉他说话不大漂亮，非自己插嘴不可。但他终于讲定了价钱；就送我上车。他给我拣定了靠车门的一张椅子；我将他给我做的紫毛大衣铺好座位。他嘱我路上小心，夜里要警醒些，不要受凉。又嘱托茶房好好照应我。我心里暗笑他的迂；他们只认得钱，托他们真是白托！而且我这样大年纪的人，难道还不能料理自己么？唉，我现在想想，那时真是太聪明了！

我说道，“爸爸，你走吧。”他望车外看了看，说，“我买几个橘子去。你就在此地，不要走动。”我看那边月台的栅栏外有几个卖东西的等着顾客。走到那边月台，须穿过铁道，须跳下去又爬上去。父亲是一个胖子，走过去自然要费事些。我本来要去的，他不肯，只好让他去。我看见他戴着黑布小帽，穿着黑布大马褂，深青布棉袍，蹒跚地走到铁道边，慢慢探身下去，尚不大难。可是他穿过铁道，要爬上那边月台，就不容易了。他用两手攀着上面，两脚再向上缩；他肥胖的身子向左微倾，显出努力的样子。这时我看见他的背影，我的泪很快地流下来了。我赶紧拭干了泪，怕他看见，也怕别人看见。我再向外看时，他已抱了朱红的橘子往回走了。过铁道时，他先将橘子散放在地上，自己慢慢爬下，再抱起橘子走。到这边时，我赶紧去搀他。他和我走到车上，将橘子一股脑儿放在我的皮大衣上。于是扑扑衣上的泥土，心里很轻松似的，过一会说，“我走了；到那边来信！”我望着他走出去。他走了几步，回过头看见我，说，“进去吧，里边没人。”等他的背影混入来来往往的人里，再找不着了，我便进来坐下，我的眼泪又来了。

近几年来，父亲和我都是东奔西走，家中光景是一日不如一日。他少年出外谋生，独力支持，做了许多大事。那知老境却如此颓唐！他触目伤怀，自然情不能自已。情郁于中，自然要发之于外；家庭琐屑便往往触他之怒。他待我渐渐不

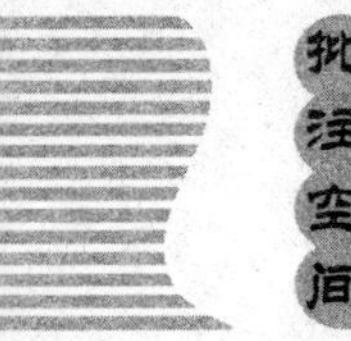

同往日。但最近两年的不见，他终于忘却我的不好，只是惦记着我，惦记着我的儿子。我北来后，他写了一信给我，信中说道，“我身体平安，惟膀子疼痛利害，举箸提笔，诸多不便，大约大去之期不远矣。”我读到此处，在晶莹的泪光中，又看见那肥胖的，青布棉袍，黑布马褂的背影。唉！我不知何时再能与他相见！

1925年10月在北京

简析

父亲微胖而蹒跚的背影穿越时空成了父爱的经典。那背影既不高大也不挺拔，那是在生活的重压下渐渐衰老的父亲的背影。离别的车站每天上演着无数聚散离合的故事，《背影》只是其中平常的一景，但却是感动了几代人的一景，晶莹的泪光中，一个儿子读懂了父亲，读懂了父爱，别有一番感动在心头！

匆 匆

燕子去了，有再来的时候；杨柳枯了，有再青的时候；桃花谢了，有再开的时候。但是，聪明的，你告诉我，我们的日子为什么一去不复返呢？——是有人偷了他们罢：那是谁？又藏在何处呢？是他们自己逃走了罢：现在又到了那里呢？

我不知道他们给了我多少日子；但我的手确乎是渐渐空虚了。在默默里算着，八千多日子已经从我手中溜去；像针尖上一滴水滴在大海里，我的日子滴在时间的流里，没有声音，也没有影子。我不禁头涔涔而泪潸潸了。

去的尽管去了，来的尽管来着；去来的中间，又怎样地匆匆呢？早上我起来的时候，小屋里射进两三方斜斜的太阳。太阳他有脚啊，轻轻悄悄地挪移了；我也茫茫然跟着旋转。于是——洗手的时候，日子从水盆里过去；吃饭的时候，日子从饭碗里过去；默默时，便从凝然的双眼前过去。我觉察他去的匆匆了，伸出手遮挽时，他又从遮挽着的手边过去，天黑时，我躺在床上，他便伶伶俐俐地从我身上跨过，从我脚边飞去了。等我睁开眼和太阳再见，这算又溜走了一日。我掩着面叹息。但是新来的日子的影儿又开始在叹息里闪过了。

在逃去如飞的日子里，在千门万户的世界里的我能做些什么呢？只有徘徊罢了，只有匆匆罢了；在八千多日的匆匆里，除徘徊外，又剩些什么呢？过去的日子如轻烟，被微风吹散了，如薄雾，被初阳蒸融了；我留着些什么痕迹呢？我

何曾留着像游丝样的痕迹呢？我赤裸裸来到这世界，转眼间也将赤裸裸的回去罢？但不能平的，为什么偏要白白走这一遭啊？

你聪明的，告诉我，我们的日子为什么一去不复返呢？

1922年3月28日

简析

世界上最长而又最短、最空灵而又最真切、最让人惊喜而又最让人痛悔不已的就是时间。悄悄地它走了，正如它悄悄地来。时间，来无影去无踪的精灵，它在哪里呢？春去春又回来，花落花会再开，时间就是生命每次的轮回。燕子杨柳，微风轻烟，薄雾细雨，文章就这样呈现出了一种别样的情韵美。

歌　声

昨晚中西音乐歌舞大会里“中西丝竹和唱”的三曲清歌，真令我神迷心醉了。

仿佛一个暮春的早晨，霏霏的毛雨默然洒在我脸上，引起润泽，轻松的感觉。新鲜的微风吹动我的衣袂，像爱人的鼻息吹着我的手一样。我立的一条白矾石的甬道上，经了那细雨，正如涂了一层薄薄的乳油；踏着只觉越发滑腻可爱了。

这是在花园里。群花都还做她们的清梦。那微雨偷偷洗去她们的尘垢，她们的甜软的光泽便自焕发了。在那被洗去的浮艳下，我能看到她们在有日光时所深藏着的恬静的红，冷落的紫，和苦笑的白与绿。以前锦绣般在我跟前的，现在都带了黯淡的颜色。——是愁着芳春的销歇么？是感着芳春的困倦么？

大约也因那濛濛的雨，园里没了　郁的香气。涓涓的东风只吹来一缕缕饿了似的花香；夹带着些潮湿的草丛的气息和泥土的滋味。园外田亩和沼泽里，又时时送过些新插的秧，少壮的麦，和成阴的柳树的清新的蒸气。这些虽非甜美，却能强烈地刺激我的鼻观，使我有愉快的倦息之感。

看啊，那都是歌中所有的：我用耳，也用眼，鼻，舌，身，

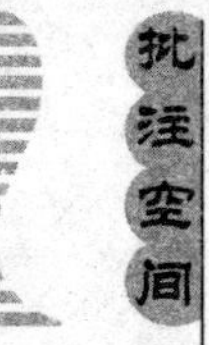

听着；也用心唱着。我终于被一种健康的麻痹袭取了，于是为歌所有。此后只由歌独自唱着，听着；世界上便只有歌声了。

1921年11月3日，上海

简析

世间的音乐千百种，真正能读懂它的人却不多，否则就不会有伯牙摔琴祭子期，亦不会有“此曲只应天上有，人间哪得几回闻”的感慨。音乐之于多数人心，诚如春日暖风，暂时的欢娱后就消失得无影无踪，或如夏日的细雨，渐渐地浸润心底。音乐不应是人生的陪衬，而应是心灵的知己，与音乐畅谈，沐天地之精华，得世间之睿气，还心灵舞动的世界，涂抹亮丽人生，才能洞悉音乐之妙。

温州的踪迹

一 “月朦胧，鸟朦胧，帘卷海棠红”

这是一张尺多宽的小小的横幅，马孟容君画的。上方的左角，斜着一卷绿色的帘子，稀疏而长；当纸的直处三分之一，横处三分之二。帘子中央，着一黄色的，茶壶嘴似的钩儿——就是所谓软金钩么？“钩弯”垂着双穗，石青色；丝缕微乱，若小曳于轻风中。纸右一圆月，淡淡的青光遍满纸上；月的纯净，柔软与平和，如一张睡美人的脸。从帘的上端向右斜伸而下，是一枝交缠的海棠花。花叶扶疏，上下错落着，共有五丛；或散或密，都玲珑有致。叶嫩绿色，仿佛掐得出水似的；在月光中掩映着，微微有浅深之别。花正盛开，红艳欲流；黄色的雄蕊历历的，闪闪的。衬托在丛绿之间，格外觉着妖娆了。枝欹斜而腾挪，如少女的一只臂膊。枝上歇着一对黑色的八哥，背着月光，向着帘里。一只歇得高些，小小的眼儿半睁半闭的，似乎在人梦之前，还有所留恋似的。那低些的一只别过脸来对着这一只，已缩着颈儿睡了。帘下是空空的，不着一些痕迹。

试想在圆月朦胧之夜，海棠是这样的妩媚而嫣润；枝头的好鸟为什么却双栖而各梦呢？在这夜深人静的当儿，那高踞着的一只八哥儿，又为何尽撑着眼皮儿不肯睡去呢？他到底等什么来着？舍不得那淡淡的月儿么？舍不得那疏疏的帘儿么？不，不，不，您得到帘下去找，您得向帘中去找——您该找着那卷帘人了？他的情韵风怀，原是这样这样的哟！朦胧的岂独月呢；

岂独鸟呢？但是，咫尺天涯，教我如何耐得？我拼着千呼万唤；你能够出来么？

这页画布局那样经济，设色那样柔活，故精彩足以动人。虽是区区尺幅，而情韵之厚，已足沦肌浃髓而有余。我看了这画，霍然而惊；留恋之怀，不能自已。故将所感受的印象细细写出，以志这一段因缘。但我于中西的画都是门外汉，所说的话不免为内行所笑。——那也只好由他了。

1924年2月1日，温州作

二　绿

我第二次到仙岩的时候，我惊诧于梅雨潭的绿了。

梅雨潭是一个瀑布潭。仙岩有三个瀑布，梅雨瀑最低。走到山边，便听见哗哗哗哗的声音；抬起头，镶在两条湿湿的黑边儿里的，一带白而发亮的水便呈现于眼前了。我们先到梅雨亭。梅雨亭正对着那条瀑布；坐在亭边，不必仰头，便可见它的全体了。亭下深深的便是梅雨潭。这个亭踞在突出的一角的岩石上，上下都空空儿的；仿佛一只苍鹰展着翼翅浮在天宇中一般。三面都是山，像半个环儿拥着；人如在井底了。这是一个秋季的薄阴的天气。微微的云在我们顶上流着；岩面与草丛都从润湿中透出几分油油的绿意。而瀑布也似乎分外的响了。那瀑布从上面冲下，仿佛已被扯成大小的几绺；不复是一幅整齐而平滑的布。岩上有许多棱角；瀑流经过时，作急剧的撞击，便飞花碎玉般乱溅着了。那溅着的水花，晶莹而多芒；远望去，像一朵朵小小的白梅，微雨似的纷纷落着。据说，这就是梅雨潭之所以得名了。但我觉得像杨花，格外确切些。轻风起来时，点点随风飘散，那更是杨花了。——这时偶然有几点送入我们温暖的怀里，便倏的钻了进去，再也寻它不着。

梅雨潭闪闪的绿色招引着我们；我们开始追捉她那离合的神光了。揪着草，攀着乱石，小心探身下去，又鞠躬过了一个石穹门，便到了汪汪一碧的潭边了。瀑布在襟袖之间；但我的心中已没有瀑布了。我的心随潭水的绿而摇荡。那醉人的绿呀！仿佛一张极大极大的荷叶铺着，满是奇异的绿呀。我想张开两臂抱住她；但这是怎样一个妄想呀。——站在水边，望到那面，居然觉着有些远呢！这平铺着，厚积着的绿，着实可爱。她松松的皱缬着，像少妇拖着的裙幅；她轻轻的摆弄着，像跳动的初恋的处女的心；她滑滑的明亮着，像涂了“明油”一般，有鸡蛋清那样软，那样嫩，令人想着所曾触过的最嫩的皮肤；她又不杂些儿尘滓，宛然一块温润的碧玉，只清清的一色——但你却看不透她！我曾见过北京剎海拂地的绿杨，脱不了鹅黄的底子，似乎太淡了。我又曾见过杭州虎跑寺近旁高峻而深密的“绿壁”，丛叠着无穷的碧草与绿叶的，那又似乎太浓了。其余呢，西湖的波太明了，秦淮河的也太暗了。可爱的，我将什么来比拟你呢？我怎么比拟得出呢？大约潭是很深的，故能蕴蓄着这样奇异的绿；仿佛蔚蓝的天融了一块在里面似的，这才这般的鲜润呀。——那醉人的绿呀！我若能裁你以为带，我将赠给那轻盈的舞女；她必能临风飘举了。我若能挹你以为眼，我将赠给那善歌的盲妹；她必明眸善睐了。我舍不得你；我怎舍得你呢？我用手拍着你，抚摩着你，如同一个十二三岁的小姑娘。我又掬你入口，便是吻着她了。我送你一个名字，我从此叫你“女儿绿”，好么？

我第二次到仙岩的时候，我不禁惊诧于梅雨潭的绿了。

2月8日，温州作

三　白水漈

几个朋友伴我游白水漈。

这也是个瀑布；但是太薄了，又太细了。有时闪着些许的白光；等你定睛看去，却又没有——只剩一片飞烟而已。从前有所谓“雾縠”，大概就是这样了。所以如此，全由于岩石中间突然空了一段；水到那里，无可凭依，凌虚飞下，便扯得又薄又细了。当空那处，最是奇迹。白光嬗为飞烟，已是影子，有

时却连影子也不见。有时微风过来，用纤手挽着那影子，它便袅袅的成了一个软弧；但她的手才松，它又像橡皮带儿似的，立刻服服帖帖的缩回来了。我所以猜疑，或者另有双不可知的巧手，要将这些影子织成一个幻网。——微风想夺了她的，她怎么肯呢?

幻网里也许织着诱惑；我的依恋便是个老大的证据。

3月16日，宁波作

四　生命的价格——七毛钱

生命本来不应该有价格的；而竟有了价格！人贩子，老鸨，以至近来的绑票土匪，都就他们的所有物，标上参差的价格，出卖于人；我想将来许还有公开的人市场呢！在种种“人货”里，价格最高的，自然是土匪们的票了，少则成千，多则成万；大约是有历史以来，“人货”的最高的行情了。其次是老鸨们所有的妓女；由数百元到数千元，是常常听到的。最贱的要算是人贩子的货色！他们所有的，只是些男女小孩，只是些“生货”，所以便卖不起价钱了。

人贩子只是“仲买人”，他们还得取给于“厂家”，便是出卖孩子们的人家。“厂家”的价格才真是道地呢！《青光》里曾有一段记载，说三块钱买了一个丫头；那是移让过来的，但价格之低，也就够令人惊诧了！“厂家”的价格，却还有更低的！三百钱,五百钱买一个孩子,在灾荒时不算难事！但我不曾见过。我亲眼看见的一条最贱的生命，是七毛钱买来的！这是一个五岁的女孩子。一个五岁的“女孩子”卖七毛钱，也许不能算是最贱；但请您细看：将一条生命的自由和七枚小银元各放在天平的一个盘里，您将发见，正如九头牛与一根牛毛一样，两个盘儿的重量相差实在太远了！

我见这个女孩，是在房东家里。那时我正和孩子们吃饭；妻走来叫我看一件奇事，七毛钱买来的孩子！孩子端端正正的坐在条凳上；面孔黄黑色，但还丰润；衣帽也还整洁可看。我看了几眼，觉得和我们的孩子也没有什么差异；我看不出她的低贱的生命的符记——如我们看低贱的货色时所容易发见的符记。我回到自己的饭桌上，看看阿九和阿菜，始终觉得和那个女孩没有什么不同！但是，我毕竟发见真理了！我们的孩子所以高贵，正因为我们不曾出卖他们，而那个女孩所以低贱，正因为她是被出卖的；这就是她只值七毛钱的缘故了！呀，聪明的真理！

妻告诉我这孩子没有父母，她哥嫂将她卖给房东家姑爷开的银匠店里的伙计，便是带着她吃饭的那个人。他似乎没有老婆，手头很窘的，而且喜欢喝酒，是一个糊涂的人！我想这孩子父母若还在世，或者还舍不得卖她，至少也要迟几年卖她；因为她究竟是可怜可怜的小羔羊。到了哥嫂的手里，情形便不同了！家里总不宽裕，多一张嘴吃饭，多费些布做衣，是显而易见的。将来人大了，由哥嫂卖出，究竟是为难的；说不定还得找补些儿，才能送出去。这可多么冤呀！不如趁小的时候，谁也不注意，做个人情，送了干净！您想，温州不算十分穷苦的地方，也没碰着大荒年，干什么得了七个小毛钱，就心甘情愿地将自己的小妹子捧给人家呢？说等钱用？谁也不信！七毛钱了得什么急事！温州又不是没人买的！大约买卖两方本来相知；那边恰要个孩子顽儿，这边也乐得出脱，便半送半卖的含糊定了交易。我猜想那时伙计向袋里一摸一股脑儿掏了出来，只有七毛钱！哥哥原也不指望着这笔钱用，也就大大方方收了完事。于是财货两交，那女孩便归伙计管业了！

这一笔交易的将来，自然是在运命手里；女儿本姓"碰"，由她去碰罢了！但可知的，运命决不加惠于她！第一幕的戏已启示于我们了！照妻所说，那伙计必无这样耐心，抚养她成人长大！他将像豢养小猪一样，等到相当的肥壮的时候，便卖给屠户，任他宰割去；这其间他得了赚头，是理所当然的！但屠户是谁呢？在她卖做丫头的时候，便是主人！"仁慈的"主人只宰割她相当的劳力，如养羊而剪它的毛一样。到了相当的年纪，便将她配人。能够这样，她虽然被撳在丫头坯里，却还算不幸中之幸哩。但在目下这钱世界里，如此大方的人究竟是少的；

批注空间

我们所见的，十有六七是刻薄人！她若卖到这种人手里，他们必拶榨她过量的劳力。供不应求时，便骂也来了，打也来了！等她成熟时，却又好转卖给人家作妾；平常拶榨的不够，这儿又找补一个尾子！偏生这孩子模样儿又不好；入门不能得丈夫的欢心，容易遭大妇的凌虐，又是显然的！她的一生，将消磨于眼泪中了！也有些主人自己收婢作妾的；但红颜白发，也只空断送了她的一生！和前例相较，只是五十步与百步而已。——更可危的，她若被那伙计卖在妓院里，老鸨才真是个令人肉颤的屠户呢！我们可以想到：她怎样逼她学弹学唱，怎样驱遣她去做粗活！怎样用藤筋打她，用针刺她！怎样督责她承欢卖笑！她怎样吃残羹冷饭！怎样打熬着不得睡觉！怎样终于生了一身毒疮！她的相貌使她只能做下等妓女；她的沦落风尘是终生的！她的悲剧也是终生的！——唉！七毛钱竟买了你的全生命——你的血肉之躯竟抵不上区区七个小银元么？生命真太贱了！生命真太贱了！

因此想到自己的孩子的运命，真有些胆寒！钱世界里的生命市场存在一日，都是我们孩子的危险！都是我们孩子的侮辱！您有孩子的人呀，想想看，这是谁之罪呢？这是谁之责呢？

4月9日，宁波作

简 析

文如其人，从这样优美的文字里我们可以读出先生是个“情种”，他钟情于景，钟情于事，钟情于人。我们不能不陶醉于这文字的清新淡雅，细腻真实。一幅画的朦胧美感让人陶醉，霎时想到“试问卷帘人，却道‘海棠依旧’。知否？知否？应是绿肥红瘦”；绿，成了一种美的化身，成了一种人格化的有情有意有趣的自然精灵；白水漈则是让人依恋，让人心驰神往；而《生命的价格——七毛钱》则用了现实的笔触，充满控诉、揭露和血泪。四篇佳作，各有千秋，值得仔细品味。

白种人——上帝的骄子

去年暑假到上海，在一路电车的头等里，见一个大西洋人带着一个小西洋人，相并地坐着。我不能确说他俩是英国人或美国人；我只猜他们是父与子。那小西洋人，那白种的孩子，不过十一二岁光景，看去是个可爱的小孩，引我久长的注意。他戴着平顶硬草帽，帽檐下端正地露着长圆的小脸。白中透红的面颊，眼睛上有着金黄的长睫毛，显出和平与秀美。我向来有种癖气：见了有趣的小孩，总想和他亲热，做好同伴；若不能亲热，便随时亲近亲近也好。在高等小学时，附设的初等里，有一个养着乌黑的西发的刘君，真是依人的小鸟一般；牵着他的手问他的话时，他只静静地微仰着头，小声儿回答——我不常看见他的笑容，他的脸老是那么幽静和真诚，皮下却烧着亲热的火把。我屡次让他到我家来，他总不肯；后来两年不见，他便死了。我不能忘记他！我牵过他的小手，又摸过他的圆下巴。但若遇着陌生的小孩，我自然不能这么做，那可有些窘了；不过也不要紧，我可用我的眼睛看他——一回，两回，十回，几十回！孩子大概不很注意人的眼睛，所以尽可自由地看，和看女人要遮遮掩掩的不同。我凝视过许多初会面的孩子，他们都不曾向我抗议；至多拉着同在的母亲的手，或倚着她的膝头，将眼看她两看罢了。所以我胆子很大。这回在电车里又发了老癖气，我两次三番地看那白种的孩子，小西洋人！

初时他不注意或者不理会我，让我自由地看他。但看了不几回，那父亲站起来了，儿子也站起来了，他们将到站了。这

时意外的事来了。那小西洋人本坐在我的对面；走近我时，突然将脸尽力地伸过来了，两只蓝眼睛大大地睁着，那好看的睫毛已看不见了；两颊的红也已褪了不少了。和平，秀美的脸一变而为粗俗，凶恶的脸了！他的眼睛里有话：“咄！黄种人，黄种的支那人，你——你看吧！你配看我！”他已失了天真的稚气，脸上满布着横秋的老气了！我因此宁愿称他为“小西洋人”。他伸着脸向我足有两秒钟；电车停了，这才胜利地掉过头，牵着那大西洋人的手走了。大西洋人比儿子似乎要高出一半；这时正注目窗外，不曾看见下面的事。儿子也不去告诉他，只独断独行地伸他的脸；伸了脸之后，便又若无其事的，始终不发一言——在沉默中得着胜利，凯旋而去。不用说，这在我自然是一种袭击，“出其不意，攻其不备”的袭击！

这突然的袭击使我张皇失措；我的心空虚了，四面的压迫很严重，使我呼吸不能自由。我曾在N城的一座桥上，遇见一个女人；我偶然地看她时，她却垂下了长长的黑睫毛，露出老练和鄙夷的神色。那时我也感着压迫和空虚，但比起这一次，就稀薄多了：我在那小西洋人两颗枪弹似的眼光之下，茫然地觉着有被吞食的危险，于是身子不知不觉地缩小——大有在奇境中的阿丽思的劲儿！我木木然目送那父与子下了电车，在马路上开步走；那小西洋人竟未一回头，断然地去了。我这时有了迫切的国家之感！我做着黄种的中国人，而现在还是白种人的世界，他们的骄傲与践踏当然会来的；我所以张皇失措而觉着恐怖者，因为那骄傲我的，践踏我的，不是别人，只是一个十来岁的“白种的”孩子，竟是一个十来岁的白种的“孩子”！我向来总觉得孩子应该是世界的，不应该是一种，一国，一乡，一家的。我因此不能容忍中国的孩子叫西洋人为“洋鬼子”。但这个十来岁的白种的孩子，竟已被揿入人种与国家的两种定型里了。他已懂得凭着人种的优势和国家的强力，伸着脸袭击我了。这一次袭击实是许多次袭击的小影，他的脸上便缩印着一部中国的外交史。他之来上海，或无多日，或已长久，耳濡目染，他的父亲，亲长，先生，父执，乃至同国，同种，都以骄傲践踏对付中国人；而他的读物也推波助澜，将中国编排得一无是处，以长他自己的威风。所以他向我伸脸，决非偶然而已。

这是袭击，也是侮蔑，大大的侮蔑！我因了自尊，一面感着空虚，一面却又感着愤怒；于是有了迫切的国家之念。我要诅咒这小小的人！但我立刻恐怖起来了：这到底只是十来岁的孩子呢，却已被传统所埋葬；我们所日夜想望着的“赤子之心”，世界之世界（非某种人的世界，更非某国人的世界！），眼见得在正来的一代，还是毫无信息的！这是你的损失，我的损失，他的损失，世界的损失；虽然是怎样渺小的一个孩子！但这孩子却也有可敬的地方：他的从容，他的沉默，他的独断独行，他的一去不回头，都是力的表现，都是强者适者的表现。决不婆婆妈妈的，决不黏黏搭搭的，一针见血，一刀两断，这正是白种人之所以为白种人。

我真是一个矛盾的人。无论如何，我们最要紧的还是看看自己，看看自己的孩子！谁也是上帝之骄子；这和昔日的王侯将相一样，是没有种的！

1925年6月19日夜

简析

如果说前面是情致的美文，这就是一篇理智的美文。在当时的中国，白种人飞扬跋扈，“白种人是上帝的骄子”的历史谎言在我们的祖国横行无忌，先生在一个白种人孩子的目光里也读出了袭击，读出了侮蔑，为国人敲响警钟。文章的结构缜密紧凑，在起承转合中突出变化，欲擒故纵，先扬后抑，经典至极。

批注空间

批注空间

哀韦杰三君

韦杰三君是一个可爱的人；我第一回见他面时就这样想。

这一天我正坐在房里，忽然有敲门的声音；进来的是一位温雅的少年。我问他“贵姓”的时候，他将他的姓名写在纸上给我看；说是苏甲荣先生介绍他来的。苏先生是我的同学，他的同乡，他说前一晚已来找过我了，我不在家；所以这回又特地来的。我们闲谈了一会，他说怕耽误我的时间，就告辞走了。是的，我们只谈了一会儿，而且并没有什么重要的话；——我现在已全忘记——但我觉得已懂得他了，我相信他是一个可爱的人。

第二回来访，是在几天之后。那时新生甄别试验刚完，他的国文课是被分在钱子泉先生的班上。他来和我说，要转到我的班上。我和他说，钱先生的学问，是我素来佩服的；在他班上比在我班上一定好。而且已定的局面，因一个人而变动，也不大方便。他应了几声，也没有什么，就走了。从此他就不曾到我这里来。有一回，在三院第一排屋的后门口遇见他，他微笑着向我点头；他本是捧了书及墨盒去上课的，这时却站住了向我说：“常想到先生那里，只是功课太忙了，总想去的。”我说：“你闲时可以到我这里谈谈。”我们就点首作别。三院离我住的古月堂似乎很远，有时想起来，几乎和前门一样。所以半年以来，我只在上课前，下课后几分钟里，偶然遇着他三四次；除上述一次外，都只匆匆地点头走过，不曾说一句话。但我常是这样想：他是一个可爱的人。

批注空间

他的同乡苏先生，我还是来京时见过一回，半年来不曾再见。我不曾能和他谈韦君；我也不曾和别人谈韦君，除了钱子泉先生。钱先生有一日告诉我，说韦君总想转到我班上；钱先生又说：“他知道不能转时，也很安心的用功了，笔记做得很详细的。”我说，自然还是在钱先生班上好。以后这件事还谈起一两次。直到三月十九日早，有人误报了韦君的死信；钱先生站在我屋外的台阶上惋惜地说：“他寒假中来和我谈。我因他常是忧郁的样子，便问他为何这样；是为了我么？他说：‘不是，你先生很好的；我是因家境不宽，老是愁烦着。’他说他家里还有一个年老的父亲和未成年的弟弟；他说他弟弟因为家中无钱，已失学了。他又说他历年在外读书的钱，一小半是自己休了学去做教员弄来的，一大半是向人告贷来的。他又说，下半年的学费还没有着落呢。”但他却不愿平白地受人家的钱；我们只看他给大学部学生会起草的请改奖金制为借贷制与工读制的信，便知道他年纪虽轻，做人却有骨干的。

我最后见他，是在三月十八日早上，天安门下电车时。也照平常一样，微笑着向我点头。他的微笑显示他纯洁的心，告诉人，他愿意亲近一切；我是不会忘记的。还有他的静默，我也不会忘记。据陈云豹先生的《行述》，韦君很能说话；但这半年来，我们所见的，却只有他的静默而已。他的静默里含有忧郁，悲苦，坚忍，温雅等等，是最足以引人深长之思和切至之情的。他病中，据陈云豹君在本校追悼会里报告，虽也有一时期，很是躁急，但他终于在离开我们之前，写了那样平静的两句话给校长；他那两句话包蕴着无穷的悲哀，这是静默的悲哀！所以我现在又想，他毕竟是一个可爱的人。

三月十八日晚上，我知道他已危险；第二天早上，听见他死了，叹息而已！但走去看学生会的布告时，知他还在人世，觉得被鼓励似的，忙着将这消息告诉别人。有不信的，我立刻举出学生会布告为证。我二十日进城，到协和医院想去看看他；但不知道医院的规则，去迟了一点钟，不得进去。我很怅惘地在门外徘徊了一会，试问门役道：“你知道清华学校有一个韦杰三，死了没有？”他的回答，我原也知道的，是“不知道”三字！

批注空间

那天傍晚回来；二十一日早上，便得着他死的信息——这回他真死了！他死在二十一日上午一时四十八分，就是二十日的夜里，我二十日若早去一点钟，还可见他一面呢。这真是十分遗憾的！二十三日同人及同学人城迎灵，我在城里十二点才见报，已赶不及了。下午回来，在校门外看见杠房里的人，知道柩已来了。我到古月堂一问，知道柩安放在旧礼堂里。我去的时候，正在重殓，韦君已穿好了殓衣在照相了。据说还光着身子照了一张相，是照伤口的。我没有看见他的伤口；但是这种情景，不看见也罢了。照相毕，人殓，我走到柩旁：韦君的脸已变了样子，我几乎不认识了！他的两颧突出，颊肉瘪下，掀唇露齿，哪里还像我初见时的温雅呢？这必是他几日间的痛苦所致的。唉，我们可以想见了！我正在乱想，棺盖已经盖上；唉，韦君，这真是最后一面了！我们从此真无再见之期了！死生之理，我不能懂得，但不能再见是事实，韦君，我们失掉了你，更将从何处觅你呢？

韦君现在一个人睡在刚秉庙的一间破屋里，等着他迢迢千里的老父，天气又这样坏；韦君，你的魂也彷徨着吧！

1926年4月2日

简析

朱先生以悲愤的心情哀悼了“三·一八”死难者韦杰三，这位烈士曾高举着民主与自由的大旗，怀抱着读书救国的宏愿，为反对军阀政府的黑暗统治献出了年轻的生命。他是勤奋文雅的读书人，更是英勇无畏的战士。韦杰三烈士的名字刻在北京圆明园“三·一八”断碑上，与“闻多”亭和“自清”亭毗邻而立，展现了清华师生的革命精神。

白　采

盛暑中写《白采的诗》一文，刚满一页，便因病搁下。这时候薰宇来了一封信，说白采死了，死在香港到上海的船中。他只有一个人；他的遗物暂存在立达学园里。有文稿，旧体诗词稿，笔记稿，有朋友和女人的通信，还有四包女人的头发！我将薰宇的信念了好几遍，茫然若失了一会；觉得白采虽于生死无所容心，但这样的死在将到吴淞口了的船中，也未免太惨酷了些——这是我们后死者所难堪的。

白采是一个不可捉摸的人。他的历史，他的性格，现在虽从遗物中略知梗概，但在他生前，是绝少人知道的；他也绝口不向人说，你问他他只支吾而已。他赋性既这样遗世绝俗，自然是落落寡合了；但我们却能够看出他是一个好朋友，他是一个有真心的人。

"不打不成相识，"我是这样的知道了白采的。这是为学生李芳诗集的事。李芳将他的诗集交我删改，并嘱我作序。那时我在温州，他在上海。我因事忙，一搁就是半年；而李芳已因不知名的急病死在上海。我很懊悔我的需缓，赶紧抽了空给他工作。正在这时，平伯转来白采的信，短短的两行，催我设法将李芳的诗出版；又附了登在《觉悟》上的小说《作诗的儿子》，让我看看——里面颇有讥讽我的话。我当时觉得不应得这种讥讽，便写了一封近两千字的长信，详述事件首尾，向他辩解。信去了便等回信；但是杳无消息。等到我已不希望了，他才来了一张明信片；在我看来，只是几句半冷半热的话而已。我只

能以“岂能尽如人意？但求无愧我心！”自解，听之而已。

但平伯因转信的关系，却和他常通函札。平伯来信，屡屡说起他，说是一个有趣的人。有一回平伯到白马湖看我。我和他同往宁波的时候，他在火车中将白采的诗稿《羸疾者的爱》给我看。我在车身不住的动摇中，读了一遍。觉得大有意思。我于是承认平伯的话，他是一个有趣的人。我又和平伯说，他这篇诗似乎是受了尼采的影响。后来平伯来信，说已将此语函告白采，他颇以为然。我当时还和平伯说，关于这篇诗，我想写一篇评论；平伯大约也告诉了他。有一回他突然来信说起此事；他盼望早些见着我的文字，让他知道在我眼中的他的诗究竟是怎样的。我回信答应他，就要做的。以后我们常常通信，他常常提及此事。但现在是三年以后了，我才算将此文完篇；他却已经死了，看不见了！他暑假前最后给我的信还说起他的盼望。天啊！我怎样对得起这样一个朋友，我怎样挽回我的过错呢？

平伯和我都不曾见过白采，大家觉得是一件缺憾。有一回我到上海，和平伯到西门林荫路新正兴里五号去访他：这是按着他给我们的通信地址去的。但不幸得很，他已经搬到附近什么地方去了；我们只好嗒然而归。新正兴里五号是朋友延陵君住过的：有一次谈起白采，他说他姓童，在美术专门学校念书；他的夫人和延陵夫人是朋友，延陵夫妇曾借住他们所赁的一间亭子间。那是我看延陵时去过的，床和桌椅都是白漆的；是一间虽小而极洁净的房子，几乎使我忘记了是在上海的西门地方。现在他存着的摄影里，据我看，有好几张是在那间房里照的。又从他的遗札里，推想他那时还未离婚；他离开新正兴里五号，或是正为离婚的缘故，也未可知。这却使我们事后追想，多少感着些悲剧味了。但平伯终于未见着白采，我竟得和他见了一面。那是在立达学园我预备上火车去上海前的五分钟。这一天，学园的朋友说白采要搬来了；我从早上等了好久，还没有音信。正预备上车站，白采从门口进来了。他说着江西话，似乎很老成了，是饱经世变的样子。我因上海还有约会，只匆匆一谈，便握手作别。他后来有信给平伯说我“短小精悍”，却是一句有趣的话。这是我们最初的一面，但谁知也就是最后的一面呢！

去年年底，我在北京时，他要去集美作教；他听说我有南归之意，因不能等我一面，便寄了一张小影给我。这是他立在露台上远望的背影，他说是聊寄伫盼之意。我得此小影，反复把玩而不忍释，觉得他真是一个好朋友。这回来到立达学园，偶然翻阅《白采的小说》，《作诗的儿子》一篇中讥讽我的话，已经删改；而薰宇告我，我最初给他的那封长信，他还留在箱子里。这使我惭愧从前的猜想，我真是小器的人哪！但是他现在死了，我又能怎样呢？我只相信，如爱墨生的话，他在许多朋友的心里是不死的！

上海，江湾，立达学园

简析

朱先生用平淡朴实的笔调怀念一位不太熟识的故友——白采。这位诗人身世诡秘，行踪扑朔迷离，若隐若现，他的真姓名是童汉章，江西人，五四时期著名的神秘天才诗人。据载此人放浪怪僻，朱先生曾批评白采是“献身于生的尊严而不妥协的没落下去”，为了出版李芳诗集的事，二人有过笔墨官司，这也便是“不打不相识”的由来。联系时代背景会加深对本文的理解。

批注空间

《梅花》后记

这一卷诗稿的运气真坏！我为它碰过好几回壁，几乎已经绝望。现在承开明书店主人的好意，答应将它印行，让我尽了对于亡友的责任，真是感激不尽！

偶然翻阅卷前的序，后面记着一九二四年二月；算来已是四年前的事了。而无隅的死更在前一年。这篇序写成后，曾载在《时事新报》的《文学旬刊》上。那时即使有人看过，现在也该早已忘怀了吧？无隅的棺木听说还停在上海某处；但日月去的这样快，五年来人事代谢，即在无隅的亲友，他的名字也已有点模糊了吧？想到此，颇有些莫名的寂寞了。

我与无隅末次聚会，是在上海西门三德里（？）一个楼上。那时他在美术专门学校学西洋画，住着万年桥附近小衖堂里一个亭子间。我是先到了那里，再和他同去三德里的。那一暑假，我从温州到上海来玩儿；因为他春间交给我的这诗稿还未改好，所以一面访问，一面也给他个信。见面时，他那瘦黑的，微笑的脸，还和春间一样；从我认识他时，他的脸就是这样。我怎么也想不到，隔了不久的日子，他会突然离我们而去！——但我在温州得信很晚，记得仿佛已在他死后一两个月；那时我还忙着改这诗稿，打算寄给他呢。

他似乎没有什么亲戚朋友，至少在上海是如此。他的病情和死期，没人能说得清楚，我至今也还有些茫然；只知道病来得极猛，而又没钱好好医治而已。后事据说是几个同乡的学生凑了钱办的。他们大抵也没钱，想来只能草草收殓罢了。棺木是寄在某处。他家里想运回去，苦于没有这笔钱——虽然不过几十元。他父亲与他朋友林醒民君都指望这诗稿能卖得一点钱。不幸碰了四回壁，还留在我手里；四个年头已飞也似的过去了。自然，这其间我也得负多少因循的责任。直到现在，卖是卖了，想起无隅的那薄薄的棺木，在南方的潮湿里，在数年的尘封里，还不知是什么样子！其实呢，一堆腐骨，原无足惜；但人究竟是人，明知是迷执，打破却也不易的。

无隅的父亲到温州找过我，那大约是一九二二年的春天吧。一望而知，这是一个老实的内地人。他很愁苦地说，为了无隅读书，家里已用了不少钱。谁知道会这样呢？他说，现在无隅还有一房家眷要养活，运棺木的费，实在想不出法。听说他有什么稿子，请可怜可怜，给他想想法吧！我当时答应下来；谁知道一耽搁就是这些年头！后来他还转托了一位与我不相识的人写信问我。我那时已离开温州，因事情尚无头绪，一时忘了作复，从此也就没有音信。现在想来，实在是很不安的。

我在序里略略提过林醒民君，他真是个值得敬爱的朋友！最热心无隅的事的是他；四年中不断地督促我的是他。我在温州的时候，他特地为了无隅的事，从家乡玉环来看我。又将我删改过的这诗稿，端端正正的抄了一遍，给编了目录，就是现在付印的稿本了。我去温州，他也到汉口宁波各地做事；常有信给我，信里总殷殷问起这诗稿。去年他到南洋去，临行还特地来信催我。他说无隅死了好几年了，仅存的一卷诗稿，还未能付印，真是一件难以放下的心事；请再给向什么地方试试，怎样？他到南洋后，至今尚无消息，海天远隔，我也不知他在何处。现在想寄信由他家里转，让他知道这诗稿已能付印；他定非常高兴的。古语说，“一死一生，乃见交情；”他之于无隅，这五年以来，有如一日，真是人所难能的！

关心这诗稿的，还有白采与周了因两位先生。白先生有一篇小说，叫《作诗的儿子》，是纪念无隅的，里面说到这诗稿。那时我还在温州。他将这篇小说由平伯转寄给我，附了一信，催促我设法付印。他和平伯，和我，都不相识；因这一来，便与平伯常常通信，后来与我也常通信了。这也算很巧的一段因缘。

批注空间

我又告诉醒民，醒民也和他写了几回信。据醒民说，他曾经一度打算出资印这诗稿；后来因印自己的诗，力量来不及，只好罢了。可惜这诗稿现在行将付印，而他已死了三年，竟不能见着了！周了因先生，据醒民说，也是无隅的好友。醒民说他要给这诗稿写一篇序，又要写一篇无隅的传。但又说他老是东西飘泊着，没有准儿；只要有机会将这诗稿付印，也就不必等他的文章了。我知道他现在也在南洋什么地方；路是这般远，我也只好不等他了。

春余夏始，是北京最好的日子。我重缮这诗稿，温寻着旧梦，心上倒像有几分秋意似的。

1928年5月，国耻纪念日

简析

读了这篇文章，被文中淡淡的悲情感动，被先生的人格感动。无隅（李芳）是先生的一名学生，在那样一个不幸的年代，他死后只能暂时装殓在一口薄薄的棺木中，浮厝在潮湿的南方，家人竟筹不出钱来将其运回故乡。阴阳相隔，先生遵循着自己的承诺，历尽艰辛，终于在五年后将他的诗集《梅花》付梓。李芳不幸病故，不是朱自清先生的“罪过”，他却“虽悔莫追”，并抽时间删改诗集，为之作序，这不是很令人感动吗？借用李芳的诗，可以看出先生有“梅花”般的信诚。

旅行杂记

这次中华教育改进社在南京开第三届年会，我也想观观光；故“不远千里”的从浙江赶到上海，决于七月二日附赴会诸公的车尾而行。

一　殷勤的招待

七月二日正是浙江与上海的社员乘车赴会的日子。在上海这样大车站里，多了几十个改进社社员，原也不一定能够显出甚么异样；但我却觉得确乎是不同了，“一时之盛”的光景，在车站的一角上，是显然可见的。这是在茶点室的左边；那里丛着一群人，正在向两位特派的招待员接洽。壁上贴着一张黄色的磅纸，写着龙蛇飞舞的字：“二等四元□，三等二元□。”两位招待员开始执行职务了；这时已是六点四十分，离开车还有二十分钟了。招待员所应做的第一大事，自然是买车票。买车票是大家都会的，买半票却非由他们二位来“优待”一下不可。“优待”可真不是容易的事！他们实行“优待”的时候，要向每个人取名片，票价，——还得找钱。他们往还于茶点室和售票处之间，少说些，足有二十次！他们手里是拿着一叠名片和钞票洋钱；眼睛总是张望着前面，仿佛遗失了什么，急急寻觅一样；面部筋肉平板地紧张着；手和足的运动都像不是他们自己的。好容易费了二虎之力，居然买了几张票，凭着名片分发了。

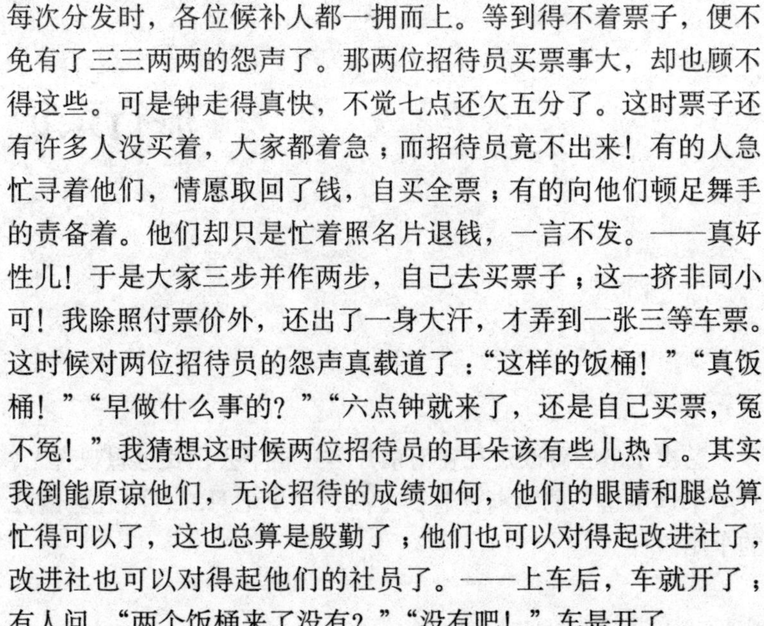

每次分发时，各位候补人都一拥而上。等到得不着票子，便不免有了三三两两的怨声了。那两位招待员买票事大，却也顾不得这些。可是钟走得真快，不觉七点还欠五分了。这时票子还有许多人没买着，大家都着急；而招待员竟不出来！有的人急忙寻着他们，情愿取回了钱，自买全票；有的向他们顿足舞手的责备着。他们却只是忙着照名片退钱，一言不发。——真好性儿！于是大家三步并作两步，自己去买票子；这一挤非同小可！我除照付票价外，还出了一身大汗，才弄到一张三等车票。这时候对两位招待员的怨声真载道了："这样的饭桶！""真饭桶！""早做什么事的？""六点钟就来了，还是自己买票，冤不冤！"我猜想这时候两位招待员的耳朵该有些儿热了。其实我倒能原谅他们，无论招待的成绩如何，他们的眼睛和腿总算忙得可以了，这也总算是殷勤了；他们也可以对得起改进社了，改进社也可以对得起他们的社员了。——上车后，车就开了；有人问，"两个饭桶来了没有？""没有吧！"车是开了。

二　"躬逢其盛"

七月二日的晚上，花了约莫一点钟的时间，才在大会注册组买了一张旁听的标识。这个标识很不漂亮，但颇有实用。七月三日早晨的年会开幕大典，我得躬逢其盛，全靠着它呢。

七月三日的早晨，大雨倾盆而下。这次大典在中正街公共讲演厅举行。该厅离我所住的地方有六七里路远；但我终于冒了狂风暴雨，乘了黄包车赴会。在这一点上，我的热心决不下于社员诸君的。

到了会场门首，早已停着许多汽车，马车；我知道这确乎是大典了。走进会场，坐定细看，一切都很从容，似乎离开会的时间还远得很呢！——虽然规定的时间已经到了。楼上正中是女宾席，似乎很是寥寥；两旁都是军警席——正和楼下的两旁一样。一个黑色的警察，间着一个灰色的兵士，静默的立着。他们大概不是来听讲的，因为既没有赛磁的社员徽章，又没有

批注空间

和我一样的旁听标识，而且也没有真正的“席”——坐位。（我所谓“军警席”，是就实际而言，当时场中并无此项名义，合行声明。）听说督军省长都要“驾临”该场；他们原是保卫“两长”来的，他们原是监视我们来的，好一个武装的会场！

那时“两长”未到，盛会还未开场；我们忽然要做学生了！一位教员风的女士走上台来，像一道光闪在听众的眼前；她请大家练习《尽力中华》歌。大家茫然的立起，跟着她唱。但“出其不意，攻其不备，”有些人不敢高唱，有些人竟唱不出。所以唱完的时候，她温和地笑着向大家说：“这回太低了，等等再唱一回。”她轻轻的鞠了躬，走了。等了一等，她果然又来了。说完“一——二——三——四”之后，《尽力中华》的歌声果然很响地起来了。她将左手插在腰间，右手上下的挥着，表示节拍；挥手的时候，腰部以上也随着微微的向左右倾侧，显出极为柔软的曲线；她的头略略偏右仰着，嘴唇轻轻的动着，嘴唇以上，尽是微笑。唱完时，她仍笑着说，“好些了，等等再唱。”再唱的时候，她拍着两手，发出清脆的响，其余和前回一样。唱完，她立刻又“一——二——三——四”的要大家唱。大家似乎很惊愕，似乎她真看得大家和学生一样了；但是半秒钟的惊愕与不耐以后，终于又唱起来了——自然有一部分人，因疲倦而休息。于是大家的临时的学生时代告终。不一会，场中忽然纷扰，大家的视线都集中在东北角上；这是齐督军，韩省长来了，开会的时间真到了！

空空的讲坛上，这时竟济济一台了。正中有三张椅子，两旁各有一排椅子。正中的三人是齐燮元，韩国钧，另有一个西装少年；后来他演说，才知是“高督办”——就是讳“恩洪”的了——的代表。这三人端坐在台的正中，使我联想到大雄宝殿上的三尊佛像；他们虽坦然的坐着，我却无端的为他们“惶恐”着。——于是开会了，照着秩序单进行。详细的情形，有各报记述可看，毋庸在下再来饶舌。现在单表齐燮元，韩国钧和东南大学校长郭秉文博士的高论。齐燮元究竟是督军兼巡阅使，他的声音是加倍的洪亮；那时场中也特别肃静——齐燮元究竟与众不同呀！他咬字眼儿真咬得清白；他的话是“字本位”，是一个字一个字吐出来的。字与字间的时距，我不能指明，只觉比普通人说话延长罢了；最

令我惊异而且焦躁的，是有几句说完之后。那时我总以为第二句应该开始了，岂知一等不来，二等不至，三等不到；他是在唱歌呢，这儿碰着全休止符了！等到三等等完，四拍拍毕，第二句的第一个字才姗姗的来了。这其间至少有一分钟；要用主观的计时法，简直可说足有五分钟！说来说去，究竟他说的是什么呢？我恭恭敬敬地答道：半篇八股！他用拆字法将“中华教育改进社”一题拆为四段：先做“教育”二字，是为第一股；次做“教育改进”，是为第二股；“中华教育改进”是第三股；加上“社”字，是第四股。层层递进，如他由督军而升巡阅使一样。齐燮元本是廩贡生，这类文章本是他的拿手戏；只因时代维新，不免也要改良一番，才好应世；八股只剩了四股，大约便是为此了。最教我不忘记的，是他说完后的那一鞠躬。那一鞠躬真是与众不同，鞠下去时，上半身全与讲桌平行，我们只看见他一头的黑发；他然后慢慢地立起退下。这其间费了普通人三个一鞠躬的时间，是的的确确的。接着便是韩国钧了。他有一篇改进社开会词，是开会前已分发了的。里面曾有一节，论及现在学风的不良，颇有痛心疾首之概。我很想听听他的高见。但他却不曾照本宣扬，他这时另有一番说话。他也经过了许多时间；但不知是我的精神不济，还是另有原因，我毫没有领会他的意思。只有煞尾的时候，他提高了喉咙，我也竖起了耳朵，这才听见他的警句了。他说：“现在政治上南北是不统一的。今天到会诸君，却南北都有，同以研究教育为职志，毫无畛域之见。可见统一是要靠文化的，不能靠武力！”这最后一句话确是漂亮，赢得如雷的掌声和许多轻微的赞叹。他便在掌声里退下。这时我们所注意的，是在他肘腋之旁的齐燮元；可惜我眼睛不佳，不能看到他面部的变化，因而他的心情也不能详说：这是很遗憾的。于是——是我行文的“于是”，不是事实的“于是”，请注意——来了郭秉文博士。他说，我只记得他说，“青年的思想应稳健，正确。”旁边有一位告诉我说：“这是齐燮元的话。”但我却发见了，这也是韩国钧的话，便是开会辞里所说的。究竟是谁的话呢？或者是“英雄所见，大略相同”么？这却要请问郭博士自己了。但我不能明白：什么思想才算正确和稳健呢？郭博士的演说里不曾下注脚，我也只好终于莫测高深了。

还有一事，不可不记。在那些点缀会场的警察中，有一个瘦长的，始终笔直的站着，几乎不曾移过一步，真像石像一般，有着可怕的静默。我最佩服他那昂着的头和垂着的手；那天真苦了他们三位了！另有一个警官，也颇可观。他那肥硕的身体，凸出的肚皮，老是背着的双手，和那微微仰起的下巴，高高翘着的仁丹胡子，以及胸前累累挂着的徽章——那天场中，这后两件是他所独有的——都显出他的身分和骄傲。他在楼下左旁往来的徘徊着，似乎在督率着他的部下。我不能忘记他。

三　第三人称

七月□日，正式开会。社员全体大会外，便是许多分组会议。我们知道全体大会不过是那么回事，值得注意的是后者。我因为也忝然的做了国文教师，便决然无疑地投到国语教学组旁听。不幸听了一次，便生了病，不能再去。那一次所议的是“采用他，她，牠案”（大意如此，原文忘记了）；足足议了两个半钟头，才算不解决地解决了。这次讨论，总算详细已极，无微不至；在讨论时，很有几位英雄，舌本翻澜，妙绪环涌，使得我茅塞顿开，摇头佩服。这不可以不记。

其实我第一先应该佩服提案的人！在现在大家已经“采用”“他，她，牠”的时候，他才从容不迫地提出了这件议案，真可算得老成持重，“不敢为天下先”，确遵老子遗训的了。在我们礼仪之邦，无论何处，时间先生总是要先请一步的；所以这件议案不因为他的从容而被忽视，反因为他的从容而被尊崇，这就是所谓“让德”。且看当日之情形，谁不兴高而采烈？便可见该议案的号召之力了。本来呢，“新文学”里的第三人称代名词也太分歧了！既“她”“伊”之互用，又“牠”“它”之不同，更有“佢”“彼”之流，窜跳其间；于是乎乌烟瘴气，一塌糊涂！提案人虽只为辨“性”起见，但指定的三字，皆属于也字系统，俨然有正名之意。将来“也”字系统若竟成为正统，那开创之功一定要归于提案人的。提案人有如彼的力量，如此的见解，

怎不教人佩服？

讨论的中心点是在女人，就是在“她”字。“人”让他站着，“牛”也让它站着；所饶不过的是“女”人，就是“她”字旁边立着的那“女”人！于是辩论开始了。一位教师说，“据我的‘经验’，女学生总不喜欢‘她’字——男人的‘他’，只标一个‘人’字旁，女子的‘她’，却特别标一个‘女’字旁，表明是个女人；这是她们所不平的！我发出的讲义，上面的‘他’字，她们常常要将‘人’字旁改成‘男’字旁，可以见她们报复的意思了。”大家听了，都微微笑着，像很有味似的。另一位却起来驳道，“我也在女学堂教书，却没有这种情形！”海格尔的定律不错，调和派来了，他说，“这本来有两派：用文言的欢喜用‘伊’字，如周作人先生便是；用白话的欢喜用‘她’字，‘伊’字用的少些；其实两个字都是一样的。”“用文言的欢喜用‘伊’字，”这句话却有意思！文言里间或有“伊”字看见，这是真理；但若说那些“伊”都是女人，那却不免委屈了许多男人！周作人先生提倡用“伊”字也是实，但只是用在白话里；我可保证，他决不曾有什么“用文言”的话！而且若是主张“伊”字用于文言，那和主张人有两只手一样，何必周先生来提倡呢？于是又冤枉了周先生！——调和终于无效，一位女教师立起来了。大家都倾耳以待，因为这是她们的切身问题，必有一番精当之论！她说话快极了，我听到的警句只是，“历来加‘女’字旁的字都是不好的字；‘她’字是用不得的！”一位“他”立刻驳道，“‘好’字岂不是‘女’字旁么？”大家都大笑了，在这大笑之中。忽有苍老的声音：“我看‘他’字譬如我们普通人坐三等车；‘她’字加了‘女’字旁，是请她们坐二等车，有什么不好呢？”这回真哄堂了，有几个人笑得眼睛亮晶晶的，眼泪几乎要出来；真是所谓“笑中有泪”了。后来的情形可有些模糊，大约便在谈笑中收了场；于是乎一幕喜剧告成。

“二等车”，“三等车”这一个比喻，真是新鲜，足为修辞学开一崭新的局面，使我有永远的趣味。从前贾宝玉说男人的骨头是泥做的，女人的骨头是水做的，至今传为佳话；现在我们的辩士又发明了这个“二三等车”的比喻，真是媲美前修，启迪来学了。但这个“二三等之别”究竟也有例外；我离开南京那一晚,明明在三等车上看见三个“她”！我想:“她”“她”“她”何以不坐二等车呢，难道客气不成？——那位辩士的话应该是不错的!

1924 年，温州

批注空间

简 析

读罢此文,头昏昏然,仿佛迷失了方向。只觉各色人等,不停地在眼前晃动，他们盛装打扮，隆重登场，尽心地演绎着人间闹剧，单调的言辞，无谓的争辩，诉说着会议的无聊，身在其中的人却乐此不疲。或许真如古人所言“当局者迷，旁观者清”。感谢朱先生的睿智，教会我们跳出是非国，冷眼看世界。

批注空间

说 梦

伪《列子》里有一段梦话，说得甚好：

“周之尹氏大治产，其下趣役者，侵晨昏而不息。有老役夫筋力竭矣，而使之弥勤。昼则呻呼而即事，夜则昏惫而熟寐。精神荒散，昔昔梦为国君：居人民之上，总一国之事；游燕宫观，恣意所欲，其乐无比。觉则复役人。……尹氏心营世事，虑钟家业，心形俱疲，夜亦昏惫而寐。昔昔梦为人仆：趋走作役，无不为也；数骂杖挞，无不至也。眠中啽呓呻呼，彻旦息焉。……”

此文原意是要说出“苦逸之复，数之常也；若欲觉梦兼之，岂可得邪？”这其间大有玄味，我是领略不着的；我只是断章取义地赏识这件故事的自身，所以才老远地引了来。我只觉得梦不是一件坏东西。即真如这件故事所说，也还是很有意思的。因为人生有限，我们若能夜夜有这样清楚的梦，则过了一日，足抵两日，过了五十岁，足抵一百岁；如此便宜的事，真是落得的。至于梦中的“苦乐”，则照我素人的见解，毕竟是“梦中的”苦乐，不必斤斤计较的。若必欲斤斤计较，我要大胆地说一句：他和那些在墙上贴红纸条儿，写着“夜梦不祥，书破大吉”的，同样地不懂得梦！

但庄子说道，“至人无梦。”伪《列子》里也说道，“古之真人，其觉自忘，其寝不梦。”——张湛注曰，“真人无往不忘，乃当不眠，何梦之有？”可知我们这几位先哲不甚以做梦为然，至少也总以为梦是不大高明的东西。但孔子就与他们不同，他深以“不复梦见周公”为憾；他自然是爱做梦的，至少也是不反对做梦的。——殆所谓时乎做梦则做梦者欤？我觉得“至人”，“真人”，毕竟没有我们的份儿，我们大可不必妄想；只看“乃当不眠”一个条件，你我能做到么？唉，你若主张或实行“八小时睡眠”，就别想做“至人”，“真人”了！但是，也不用担心，还有为我们揁木梢的：我们知道，愚人也无梦！他们是一枕黑甜，哼呵到晓，一些儿梦的影子也找不着的！我们徼幸还会做几个梦，虽因此失了“至人”，“真人”的资格，却也因此而得免于愚人，未尝不是运气。至于“至人”，“真人”之无梦和愚人之无梦，究竟有何分别？却是一个难题。我想偷懒，还是摭拾上文说过的话来答吧：“真人……乃当不眠，……”而愚人是“一枕黑甜，哼呵到晓”的！再加一句，此即孔子所谓“上智与下愚不移”也。说到孔子，孔子不反对做梦，难道也做不了“至人”，“真人”？我说，“唯唯，否否！”孔子是“圣人”，自有他的特殊的地位，用不着再来争“至人”，“真人”的名号了。但得知道，做梦而能梦周公，才能成其所以为圣人；我们也还是够不上格儿的。

我们终于只能做第二流人物。但这中间也还有个高低。高的如我的朋友P君：他梦见花，梦见诗，梦见绮丽的衣裳，……真可算得有梦皆甜了。低的如我：我在江南时，本忝在愚人之列，照例是漆黑一团地睡到天光；不过得声明，哼呵是没有的。北来以后，不知怎样，陡然聪明起来，夜夜有梦，而且不一其梦。但我究竟是新升格的，梦尽管做，却做不着一个清清楚楚的梦！成夜地乱梦颠倒，醒来不知所云，恍然若失。最难堪的是每早将醒未醒之际，残梦依人，腻腻不去；忽然双眼一睁，如坠深谷，万象寂然——只有一角日光在墙上痴痴地等着！我此时决不起来，必凝神细想，欲追回梦中滋味于万一；但照例是想不出，只惘惘然茫茫然似乎怀念着些什么而已。虽然如此，有一点是知道的：梦中的天地是自由的，任你徜徉，任你翱翔；一睁眼却就给密密的麻绳绑上了，就大大地不同了！我现在确

批注空间

乎有些精神恍惚，这里所写的就够教你知道。但我不因此诅咒梦；我只怪我做梦的艺术不佳，做不着清楚的梦。若做着清楚的梦，若夜夜做着清楚的梦，我想精神恍惚也无妨的。照现在这样一大串儿糊里糊涂的梦，直是要将这个“我”化成漆黑一团，却有些儿不便。是的，我得学些本事，今夜做他几个好好的梦。我是彻头彻尾赞美梦的，因为我是素人，而且将永远是素人。

1925年10月

简析

庄生梦蝶，不知是真是幻，李后主亡国，尚可在梦中一晌贪欢，可见梦的神奇和魅力。我们能在梦里经历我们无缘经历的，享用我们未曾享用的，即使如镜花水月般转瞬即逝，千百年来也依然让人难以割舍。尽管梦境不能全部都是愉快的，但是没有一个人能拒绝它的造访。有梦的不能成为“真人”、“至人”，但他是怀有希望的人，朱先生尚能安于“素人”，何况我辈。

批注空间

海行杂记

这回从北京南归，在天津搭了通州轮船，便是去年曾被盗劫的。盗劫的事，似乎已很渺茫；所怕者船上的肮脏，实在令人不堪耳。这是英国公司的船；这样的肮脏似乎尽够玷污了英国国旗的颜色。但英国人说:这有什么呢？船原是给中国人乘的，肮脏是中国人的自由，英国人管得着！英国人要乘船，会去坐在大菜间里，那边看看是什么样子？那边，官舱以下的中国客人是不许上去的，所以就好了。是的，这不怪同船的几个朋友要骂这只船是“帝国主义”的船了。“帝国主义的船”！我们到底受了些什么“压迫”呢？有的，有的！

我现在且说茶房吧。

我若有常常恨着的人，那一定是宁波的茶房了。他们的地盘，一是轮船，二是旅馆。他们的团结，是宗法社会而兼梁山泊式的；所以未可轻侮，正和别的“宁波帮”一样。他们的职务本是照料旅客；但事实正好相反，旅客从他们得着的只是侮辱，恫吓，与欺骗罢了。中国原有“行路难”之叹，那是因交通不便的缘故；但在现在便利的交通之下，即老于行旅的人，也还时时发出这种叹声，这又为什么呢？茶房与码头工人之艰于应付，我想比仅仅的交通不便，有时更显其“难”吧！所以从前的“行路难”是唯物的；现在的却是唯心的。这固然与社会的一般秩序及道德观念有多少关系，不能全由当事人负责任；但当事人的“性格恶”实也占着一个重要的地位的。

我是乘船既多，受侮不少，所以姑说轮船里的茶房。你去

定舱位的时候，若遇着乘客不多，茶房也许会冷脸相迎；若乘客拥挤，你可就倒楣了。他们或者别转脸，不来理你；或者用一两句比刀子还尖的话，打发你走路——譬如说："等下趟吧。"他说得如此轻松，凭你急死了也不管。大约行旅的人总有些异常，脸上总有一副着急的神气。他们是以逸待劳的，乐得和你开开玩笑，所以一切反应总是懒懒的，冷冷的；你愈急，他们便愈乐了。他们于你也并无仇恨，只想玩弄玩弄，寻寻开心罢了，正和太太们玩弄叭儿狗一样。所以你记着：上船定舱位的时候，千万别先高声呼唤茶房。你不是急于要找他们说话么？但是他们先得训你一顿，虽然只是低低的自言自语："啥事体啦？哇啦哇啦的！"接着才响声说，"噢，来哉，啥事体啦？"你还得记着：你的话说得愈慢愈好，愈低愈好；不要太客气，也不要太不客气。这样你便是门槛里的人，便是内行；他们固然不见得欢迎你，但也不会玩弄你了。——只冷脸和你简单说话；要知道这已算承蒙青眼，应该受宠若惊的了。

定好了舱位，你下船是愈迟愈好；自然，不能过了开船的时候。最好开船前两小时或一小时到船上，那便显得你是一个有"涵养工夫"的，非急莘莘的"阿木林"可比了。而且茶房也得上岸去办他自己的事，去早了倒绊住了他；他虽然可托同伴代为招呼，但总之麻烦了。为了客人而麻烦，在他们是不值得，在客人是不必要；所以客人便只好受"阿木林"的待遇了。有时船于明早十时开行，你今晚十点上去，以为晚上总该合式了；但也不然。晚上他们要打牌，你去了足以扰乱他们的清兴；他们必也恨恨不平的。这其间有一种"分"，一种默喻的"规矩"，有一种"门槛经"，你得先做若干次"阿木林"，才能应付得"恰到好处"呢。

开船以后，你以为茶房闲了，不妨多呼唤几回。你若真这样做时，又该受教训了。茶房日里要谈天，料理私货；晚上要抽大烟，打牌，那有闲工夫来伺候你！他们早上给你舀一盆脸水，日里给你开饭，饭后给你拧手巾；还有上船时给你摊开铺盖，下船时给你打起铺盖：好了，这已经多了，这已经够了。此外若有特别的事要他们做时，那只算是额外效劳。你得自己走出舱门，慢慢地叫着茶房，慢慢地和他说，他也会照你所说的做，而不加损害于你。最好是预先打听了两个茶房的名字，到这时候悠然叫着，那是更其有效的。但要叫得大方，仿佛很熟悉的样子，不可有一点讷讷。叫名字所以更其有效者，被叫者觉得你有意和他亲近（结果酒资不会少给），而别的茶房或竟以为你与这被叫者本是熟悉的，因而有了相当的敬意；所以你第二次第三次叫时，别人往往会帮着你叫的。但你也只能偶尔叫他们；若常常麻烦，他们将发见，你到底是“阿木林”而冒充内行，他们将立刻改变对你的态度了。至于有些人睡在铺上高声朗诵的叫着“茶房”的，那确似乎搭足了架子；在茶房眼中，其为“阿”字号无疑了。他们于是忿然的答应：“啥事体啦？哇啦啦！”但走来倒也会走来的。你若再多叫两声，他们又会说：“啥事体啦？茶房当山歌唱！”除非你真麻木，或真生了气，你大概总不愿再叫他们了吧。

“子入太庙，每事问，”至今传为美谈。但你入轮船，最好每事不必问。茶房之怕麻烦，之懒惰，是他们的特征；你问他们，他们或说不晓得，或故意和你开开玩笑，好在他们对客人们，除行李外，一切是不负责任的。大概客人们最普遍的问题，“明天可以到吧？”“下午可以到吧？”一类。他们或随便答复，或说，“慢慢来好 ，总会到的。”或简单的说，“早呢！”总是不得要领的居多。他们的话常常变化，使你不能确信；不确信自然不问了。他们所要的正是耳根清净呀。

茶房在轮船里，总是盘踞在所谓“大菜间”的吃饭间里。他们常常围着桌子闲谈，客人也可插进一两个去。但客人若是坐满了，使他们无处可坐，他们便恨恨了；若在晚上，他们老实不客气将电灯灭了，让你们暗中摸索去吧。所以这吃饭间里的桌子竟像他们专利的。当他们围桌而坐，有几个固然有话可谈；有几个却连话也没有，只默默坐着，或者在打牌。我似乎为他们觉着无聊，但他们也就这样过去了。他们的脸上充满了倦怠，嘲讽，麻木的气分，仿佛下工夫练就了似的。最可怕的就是这满脸所谓“訑訑然拒人于千里之外”者，便是这种脸了。晚上映着电灯光，多少遮过了那灰滞的颜色；他们也开始有了些生气。

批注空间

批注空间

他们搭了铺抽大烟，或者拖开桌子打牌。他们抽了大烟，渐有笑语；他们打牌，往往通宵达旦——牌声，争论声充满那小小的“大菜间”里。客人们，尤其是抱了病，可睡不着了；但于他们有甚么相干呢？活该你们洗耳恭听呀！他们也有不抽大烟，不打牌的，便搬出香烟画片来一张张细细赏玩：这却是“雅人深致”了。

我说过茶房的团结是宗法社会而兼梁山泊式的，但他们中间仍不免时有战氛。浓郁的战氛在船里是见不着的；船里所见，只是轻微淡远的罢了。“惟口出好兴戎”，茶房的口，似乎很值得注意。他们的口，一例是练得极其尖刻的；一面自然也是地方性使然。他们大约是“宁可输在腿上，不肯输在嘴上”。所以即使是同伴之间，往往因为一句有意的或无意的，不相干的话，动了真气，抡眉竖目的恨恨半天而不已。这时脸上全失了平时冷静的颜色，而换上热烈的狰狞了。但也终于只是口头“恨恨”而已，真个拔拳来打，举脚来踢的，倒也似乎没有。语云，“君子动口，小人动手；”茶房们虽有所争乎，殆仍不失为君子之道也。有人说，“这正是南方人之所以为南方人，”我想，这话也有理。茶房之于客人，虽也“不肯输在嘴上”，但全是玩弄的态度，动真气的似乎很少；而且你愈动真气，他倒愈可以玩弄你。这大约因为对于客人，是以他们的团体为靠山的；客人总是孤单的多，他们“倚众欺”起来，不怕你不就范围的：所以用不着动真气。而且万一吃了客人的亏，那也必是许多同伴陪着他同吃的，不是一个人失了面子；又何必动真气呢？尅实说来，客人要他们动真气，还不够资格哪！至于他们同伴间的争执，那才是切身的利害，而且单枪匹马做去，毫无可恃的现成的力量；所以便是小题，也不得不大做了。

茶房若有向客人微笑的时候，那必是收酒资的几分钟了。酒资的数目照理虽无一定，但却有不成文的谱。你按着谱斟酌给与，虽也不能得着一声“谢谢”，但言语的压迫是不会来的了。你若给得太少，离谱太远，他们会始而嘲你，继而骂你，你还得加钱给他们；其实既受了骂，大可以不加的了，但事实上大多数受骂的客人，慑于他们的威势，总是加给他们的。加了以后，还得听许多唠叨才罢。有一回，和我同船的一个学生，本该给一元钱的酒资的，他只给了小洋四角。茶房狠狠力争，终不得要领，于是说："你好带回去做车钱吧！"将钱向铺上一撂，忿然而去。那学生后来终于添了一些钱重交给他；他这才默然拿走，面孔仍是板板的，若有所不屑然。——付了酒资，便该打铺盖了；这时仍是要慢慢来的，一急还是要受教训，虽然你已给过酒资了。铺盖打好以后，茶房的压迫才算是完了，你再预备受码头工人和旅馆茶房的压迫吧。

我原是声明了叙述通州轮船中事的，但却做了一首"诅茶房文"；在这里，我似乎有些自己矛盾。不，"天下老鸦一般黑，"我们若很谨慎的将这句话只用在各轮船里的宁波茶房身上，我想是不会悖谬的。所以我虽就一般立说，通州轮船的茶房却已包括在内；特别指明与否，是无关重要的。

1926年7月，白马湖

简析

对生活细致的观察和思考是作家必备的功力。在中国最纷乱的年代，个人身世的动荡飘零几乎是无可避免的，生活在社会底层的人也许是低贱的、猥琐的、势利的，然而我们也应该看到他们更是被压榨、被盘剥、被歧视的群体。对于先生的描绘，我们应联系广阔的社会时代背景辩证地看待，这才是读书之道。

批注空间

批注空间

扬州的夏日

扬州从隋炀帝以来，是诗人文士所称道的地方；称道的多了，称道得久了，一般人便也随声附和起来。直到现在，你若向人提起扬州这个名字，他会点头或摇头说："好地方！好地方！"特别是没去过扬州而念过些唐诗的人，在他心里，扬州真像蜃楼海市一般美丽；他若念过《扬州画舫录》一类书，那更了不得了。但在一个久住扬州像我的人，他却没有那么多美丽的幻想，他的憎恶也许掩住了他的爱好；他也许离开了三四年并不去想它。若是想呢，——你说他想什么？女人；不错，这似乎也有名，但怕不是现在的女人吧？——他也只会想着扬州的夏日，虽然与女人仍然不无关系的。

北方和南方一个大不同，在我看，就是北方无水而南方有。诚然，北方今年大雨，永定河，大清河甚至决了堤防，但这并不能算是有水；北平的三海和颐和园虽然有点儿水，但太平衍了，一览而尽，船又那么笨头笨脑的。有水的仍然是南方。扬州的夏日，好处大半便在水上——有人称为"瘦西湖"，这个名字真是太"瘦"了，假西湖之名以行，"雅得这样俗"，老实说，我是不喜欢的。下船的地方便是护城河，曼衍开去，曲曲折折，直到平山堂，——这是你们熟悉的名字——有七八里河道，还有许多杈杈桠桠的支流。这条河其实也没有顶大的好处，只是曲折而有些幽静，和别处不同。

沿河最著名的风景是小金山，法海寺，五亭桥；最远的便是平山堂了。金山你们是知道的，小金山却在水中央。在那里望水最好，看月自然也不错——可是我还不曾有过那样福气。“下河”的人十之九是到这儿的，人不免太多些。法海寺有一个塔，和北海的一样，据说是乾隆皇帝下江南，盐商们连夜督促匠人造成的。法海寺著名的自然是这个塔；但还有一桩，你们猜不着，是红烧猪头。夏天吃红烧猪头，在理论上也许不甚相宜；可是在实际上，挥汗吃着，倒也不坏的。五亭桥如名字所示，是五个亭子的桥。桥是拱形，中一亭最高，两边四亭，参差相称；最宜远看，或看影子，也好。桥洞颇多，乘小船穿来穿去，另有风味。平山堂在蜀冈上。登堂可见江南诸山淡淡的轮廓；“山色有无中”一句话，我看是恰到好处，并不算错。这里游人较少，闲坐在堂上，可以永日。沿路光景，也以闲寂胜。从天宁门或北门下船，蜿蜒的城墙，在水里倒映着苍黝的影子，小船悠然地撑过去，岸上的喧扰像没有似的。

船有三种：大船专供宴游之用，可以挟妓或打牌。小时候常跟了父亲去，在船里听着谋得利洋行的唱片。现在这样乘船的大概少了吧？其次是“小划子”，真像一瓣西瓜，由一个男人或女人用竹篙撑着。乘的人多了，便可雇两只，前后用小凳子跨着：这也可算得“方舟”了。后来又有一种“洋划”，比大船小，比“小划子”大，上支布篷，可以遮日遮雨。“洋划”渐渐地多，大船渐渐地少，然而“小划子”总是有人要的。这不独因为价钱最贱，也因为它的伶俐。一个人坐在船中，让一个人站在船尾上用竹篙一下一下地撑着，简直是一首唐诗，或一幅山水画。而有些好事的少年，愿意自己撑船，也非“小划子”不行。“小划子”虽然便宜，却也有些分别。譬如说，你们也可想到的，女人撑船总要贵些；姑娘撑的自然更要贵。这些撑船的女子，便是有人说过的“瘦西湖上的船娘”。船娘们的故事大概不少，但我不很知道。据说以乱头粗服，风趣天然为胜；中年而有风趣，也仍然算好。可是起初原是逢场作戏，或尚不伤廉惠；以后居然有了价格，便觉意味索然了。

北门外一带，叫做下街，“茶馆”最多，往往一面临河。船行过时，茶客与乘客可以随便招呼说话。船上人若高兴时，也可以向茶馆中要一壶茶，或一两种“小笼点心”，在河中喝着，

批注空间

吃着，谈着。回来时再将茶壶和所谓小笼，连价款一并交给茶馆中人。撑船的都与茶馆相熟，他们不怕你白吃。扬州的小笼点心实在不错：我离开扬州，也走过七八处大大小小的地方，还没有吃过那样好的点心；这其实是值得惦记的。茶馆的地方大致总好，名字也颇有好的。如香影廊，绿杨村，红叶山庄，都是到现在还记得的。绿杨村的幌子，挂在绿杨树上，随风飘展，使人想起"绿杨城郭是扬州"的名句。里面还有小池，丛竹，茅亭，景物最幽。这一带的茶馆布置都历落有致，迥非上海，北平方方正正的茶楼可比。

"下河"总是下午。傍晚回来，在暮霭朦胧中上了岸，将大褂折好搭在腕上，一手微微摇着扇子；这样进了北门或天宁门走回家中。这时候可以念"又得浮生半日闲"那一句诗了。

简析

扬州，一个被唐诗宋词浸润得曼妙无比的文化名城。"扬州明月好，诗画瘦西湖"，清瘦秀美中蕴藏着别样的情韵。"面面波心含月镜，头头空洞过云桡"，五亭桥下波心的月影荡漾着心怀。风韵天成的船娘们轻摇船橹，船上的游人宛如画中游。名号雅致的茶馆错落有致，静静地注视着这座古城的历史文化。难怪自称"扬州人"的朱先生对扬州情有独钟。

看　花

生长在大江北岸一个城市里，那儿的园林本是著名的，但近来却很少；似乎自幼就不曾听见过“我们今天看花去”一类话，可见花事是不盛的。有些爱花的人，大都只是将花栽在盆里，一盆盆搁在架上；架子横放在院子里。院子照例是小小的，只够放下一个架子；架上至多搁二十多盆花罢了。有时院子里依墙筑起一座“花台”，台上种一株开花的树；也有在院子里地上种的。但这只是普通的点缀，不算是爱花。

家里人似乎都不甚爱花；父亲只在领我们上街时，偶然和我们到“花房”里去过一两回。但我们住过一所房子，有一座小花园，是房东家的。那里有树，有花架(大约是紫藤花架之类)，但我当时还小，不知道那些花木的名字；只记得爬在墙上的是蔷薇而已。园中还有一座太湖石堆成的洞门；现在想来，似乎也还好的。在那时由一个顽皮的少年仆人领了我去，却只知道跑来跑去捉蝴蝶；有时掐下几朵花，也只是随意挼弄着，随意丢弃了。至于领略花的趣味，那是以后的事：夏天的早晨，我们那地方有乡下的姑娘在各处街巷，沿门叫着，“卖栀子花来。”栀子花不是什么高品，但我喜欢那白而晕黄的颜色和那肥肥的个儿，正和那些卖花的姑娘有着相似的韵味。栀子花的香，浓而不烈，清而不淡，也是我乐意的。我这样便爱起花来了。也许有人会问，“你爱的不是花吧？”这个我自己其实也已不大弄得清楚，只好存而不论了。

在高小的一个春天，有人提议到城外F寺里吃桃子去，而且预备白吃；不让吃就闹一场，甚至打一架也不在乎。那时虽远在五四运动以前，但我们那里的中学生却常有打进戏园看白戏的事。中学生能白看戏，小学生为什么不能白吃桃子呢？我们都这样想，便由那提议人鸠合了十几个同学，浩浩荡荡地向城外而去。到了F寺，气势不凡地呵叱着道人们(我们称寺里的工人为道人)，立刻领我们向桃园里去。道人们踌躇着说："现在桃树刚才开花呢。"但是谁信道人们的话？我们终于到了桃园里。大家都丧了气，原来花是真开着呢！这时提议人P君便去折花。道人们是一直步步跟着的，立刻上前劝阻，而且用起手来。但P君是我们中最不好惹的；"说时迟，那时快"，一眨眼，花在他的手里，道人已跟跄在一旁了。那一园子的桃花，想来总该有些可看；我们却谁也没有想着去看。只嚷着，"没有桃子，得沏茶喝！"道人们满肚子委屈地引我们到"方丈"里，大家各喝一大杯茶。这才平了气，谈谈笑笑地进城去。大概我那时还只懂得爱一朵朵的栀子花，对于开在树上的桃花，是并不了然的；所以眼前的机会，便从眼前错过了。

以后渐渐念了些看花的诗，觉得看花颇有些意思。但到北平读了几年书，却只到过崇效寺一次；而去得又嫌早些，那有名的一株绿牡丹还未开呢。北平看花的事很盛，看花的地方也很多；但那时热闹的似乎也只有一班诗人名士，其余还是不相干的。那正是新文学运动的起头，我们这些少年，对于旧诗和那一班诗人名士，实在有些不敬；而看花的地方又都远不可言，我是一个懒人，便干脆地断了那条心了。后来到杭州做事，遇见了Y君，他是新诗人兼旧诗人，看花的兴致很好。我和他常到孤山去，看梅花。孤山的梅花是古今有名的，但太少；又没有临水的，人也太多。有一回坐在放鹤亭上喝茶，来了一个方面有须，穿着花缎马褂的人，用湖南口音和人打招呼道，"梅花盛开嗒！""盛"字说得特别重，使我吃了一惊；但我吃惊的也只是说在他嘴里"盛"这个声音罢了，花的盛不盛，在我倒并没有什么的。

有一回，Y来说，灵峰寺有三百株梅花；寺在山里，去的人也少。我和Y，还有N君，从西湖边雇船到岳坟，从岳坟入山。曲曲折折走了好一会，又上了许多石级，才到山上寺里。寺甚小，梅花便在大殿西边园中。园也不大，东墙下有三间净室，最宜喝茶看花；北边有座小山，山上有亭，大约叫“望海亭”吧，望海是未必，但钱塘江与西湖是看得见的。梅树确是不少，密密地低低地整列着。那时已是黄昏，寺里只我们三个游人；梅花并没有开，但那珍珠似的繁星似的骨都儿，已经够可爱了；我们都觉得比孤山上盛开时有味。大殿上正做晚课，送来梵呗的声音，和着梅林中的暗香，真叫我们舍不得回去。在园里徘徊了一会，又在屋里坐了一会，天是黑定了，又没有月色，我们向庙里要了一个旧灯笼，照着下山。路上几乎迷了道，又两次三番地狗咬；我们的Y诗人确有些窘了，但终于到了岳坟。船夫远远迎上来道：“你们来了，我想你们不会冤我呢！”在船上，我们还不离口地说着灵峰的梅花，直到湖边电灯光照到我们的眼。

Y回北平去了，我也到了白马湖。那边是乡下，只有沿湖与杨柳相间着种了一行小桃树，春天花发时，在风里娇媚地笑着。还有山里的杜鹃花也不少。这些日日在我们眼前，从没有人像煞有介事地提议，“我们看花去。”但有一位S君，却特别爱养花；他家里几乎是终年不离花的。我们上他家去，总看他在那里不是拿着剪刀修理枝叶，便是提着壶浇水。我们常乐意看着。他院子里一株紫薇花很好，我们在花旁喝酒，不知多少次。白马湖住了不过一年，我却传染了他那花的嗜好。但重到北平时，住在花事很盛的清华园里，接连过了三个春，却从未想到去看一回。只在第二年秋天，曾经和孙三先生在园里看过几次菊花。“清华园之菊”是著名的，孙三先生还特地写了一篇文，画了好些画。但那种一盆一干一花的养法，花是好了，总觉没有天然的风趣。直到去年春天，有了些余闲，在花开前，先向人问了些花的名字。一个好朋友是从知道姓名起的，我想看花也正是如此。恰好Y君也常来园中，我们一天三四趟地到那些花下去徘徊。今年Y君忙些，我便一个人去。我爱繁花老干的杏，临风婀娜的小红桃，贴梗累累如珠的紫荆；但最恋恋的是

批注空间

西府海棠。海棠的花繁得好，也淡得好；艳极了，却没有一丝荡意。疏疏的高干子，英气隐隐逼人。可惜没有趁着月色看过；王鹏运有两句词道："只愁淡月朦胧影，难验微波上下潮。"我想月下的海棠花，大约便是这种光景吧。为了海棠，前两天在城里特地冒了大风到中山公园去，看花的人倒也不少；但不知怎的，却忘了畿辅先哲祠。Y 告我那里的一株，遮住了大半个院子；别处的都向上长，这一株却是横里伸张的。花的繁没有法说；海棠本无香，昔人常以为恨，这里花太繁了，却酝酿出一种淡淡的香气，使人久闻不倦。Y 告我，正是刮了一日还不息的狂风的晚上；他是前一天去的。他说他去时地上已有落花了，这一日一夜的风，准完了。他说北平看花，是要赶着看的：春光太短了，又晴的日子多；今年算是有阴的日子了，但狂风还是逃不了的。我说北平看花，比别处有意思，也正在此。这时候，我似乎不甚菲薄那一班诗人名士了。

1930 年 4 月

简 析

饮酒观花、吟风弄月是古往今来文人爱好的风雅之事，朱先生也不例外。从小到大，看花的逸事层出不穷，少年轻狂误看花，老来闲情喜观花，真是年年岁岁花相似，岁岁年年"心"不同啊！"梦里花开香满衣，梦醒尤带花清香"，时间流逝，花儿依旧年年开放，爱花的人内心深处的那缕心香依然未曾改变。看花，看到花开，看到花谢，看到花迎风飞入欲雨的黄昏，我想先生用眼用心追赶的不只是北平的繁花。

批注空间

我所见的叶圣陶

我第一次与圣陶见面是在民国十年的秋天。那时刘延陵兄介绍我到吴淞炮台湾中国公学教书。到了那边，他就和我说："叶圣陶也在这儿。" 我们都念过圣陶的小说，所以他这样告我。我好奇地问道："怎样一个人？" 出乎我的意外，他回答我："一位老先生哩。" 但是延陵和我去访问圣陶的时候，我觉得他的年纪并不老，只那朴实的服色和沉默的风度与我们平日所想象的苏州少年文人叶圣陶不甚符合罢了。

记得见面的那一天是一个阴天。我见了生人照例说不出话；圣陶似乎也如此。我们只谈了几句关于作品的泛泛的意见，便告辞了。延陵告诉我每星期六圣陶总回　直去；他很爱他的家。他在校时常邀延陵出去散步；我因与他不熟，只独自坐在屋里。不久，中国公学忽然起了风潮。我向延陵说起一个强硬的办法；——实在是一个笨而无聊的办法！——我说只怕叶圣陶未必赞成。但是出乎我的意外，他居然赞成了！后来细想他许是有意优容我们吧；这真是老大哥的态度呢。我们的办法天然是失败了，风潮延宕下去；于是大家都住到上海来。我和圣陶差不多天天见面；同时又认识了西谛，予同诸兄。这样经过了一个月；这一个月实在是我的很好的日子。

我看出圣陶始终是个寡言的人。大家聚谈的时候，他总是坐在那里听着。他却并不是喜欢孤独，他似乎老是那么有味地听着。至于与人独对的时候，自然多少要说些话；但辩论是不来的。他觉得辩论要开始了，往往微笑着说："这个弄不大清楚

了。”这样就过去了。他又是个极和易的人，轻易看不见他的怒色。他辛辛苦苦保存着的《晨报》副张，上面有他自己的文字的，特地从家里捎来给我看；让我随便放在一个书架上，给散失了。当他和我同时发见这件事时，他只略露惋惜的颜色，随即说：“由他去末哉，由他去末哉！”我是至今惭愧着，因为我知道他作文是不留稿的。他的和易出于天性，并非阅历世故，矫揉造作而成。他对于世间妥协的精神是极厌恨的。在这一月中，我看见他发过一次怒；——始终我只看见他发过这一次怒——那便是对于风潮的妥协论者的蔑视。

风潮结束了，我到杭州教书。那边学校当局要我约圣陶去。圣陶来信说：“我们要痛痛快快游西湖，不管这是冬天。”他来了，教我上车站去接。我知道他到了车站这一类地方，是会觉得寂寞的。他的家实在太好了，他的衣着，一向都是家里管。我常想，他好像一个小孩子；像小孩子的天真，也像小孩子的离不开家里人。必须离开家里人时，他也得找些熟朋友伴着；孤独在他简直是有些可怕的。所以他到校时，本来是独住一屋的，却愿意将那间屋做我们两人的卧室，而将我那间做书室。这样可以常常相伴；我自然也乐意。我们不时到西湖边去；有时下湖，有时只喝喝酒。在校时各据一桌，我只预备功课，他却老是写小说和童话。初到时，学校当局来看过他。第二天，我问他，“要不要去看看他们？”他皱眉道：“一定要去么？等一天吧。”后来始终没有去。他是最反对形式主义的。

那时他小说的材料，是旧日的储积；童话的材料有时却是片刻的感兴。如《稻草人》中《大喉咙》一篇便是。那天早上，我们都醒在床上，听见工厂的汽笛；他便说：“今天又有一篇了，我已经想好了，来的真快呵。”那篇的艺术很巧，谁想他只是片刻的构思呢！他写文字时，往往拈笔伸纸，便手不停挥地写下去；开始及中间，停笔踌躇时绝少。他的稿子极清楚，每页至多只有三五个涂改的字。他说他从来是这样的。每篇写毕，我自然先睹为快；他往往称述结尾的适宜，他说对于结尾是有些把握的。看完，他立即封寄《小说月报》；照例用平信寄。我总劝他挂号；但他说：“我老是这样的。”他在杭州不过两个月，写的真不少，教人羡慕不已。《火灾》里从《饭》起到《风潮》这七篇，还有《稻草人》中一部分，都是那时我亲眼看他写的。

在杭州待了两个月，放寒假前，他便匆匆地回去了；他实在离不开家，临去时让我告诉学校当局，无论如何不回来了。但他却到北平住了半年，也是朋友拉去的。我前些日子偶翻十一年的《晨报副刊》，看见他那时途中思家的小诗，重念了两遍，觉得怪有意思。北平回去不久，便入了商务印书馆编译部，家也搬到上海。从此在上海待下去，直到现在——中间又被朋友拉到福州一次，有一篇《将离》抒写那回的别恨，是缠绵悱恻的文字。这些日子，我在浙江乱跑，有时到上海小住，他常请了假和我各处玩儿或喝酒。有一回，我便住在他家，但我到上海，总爱出门，因此他老说没有能畅谈；他写信给我，老说这回来要畅谈几天才行。

十六年一月，我接眷北来，路过上海，许多熟朋友和我饯行，圣陶也在。那晚我们痛快地喝酒，发议论；他是照例地默着。酒喝完了，又去乱走，他也跟着。到了一处，朋友们和他开了个小玩笑；他脸上略露窘意，但仍微笑地默着。圣陶不是个浪漫的人；在一种意义上，他正是延陵所说的“老先生”。但他能了解别人，能谅解别人，他自己也能“作达”，所以仍然——也许格外——是可亲的。那晚快夜半了，走过爱多亚路，他向我诵周美成的词，“酒已都醒，如何消夜永！”我没有说什么；那时的心情，大约也不能说什么的。我们到一品香又消磨了半夜。这一回特别对不起圣陶；他是不能少睡觉的人。他家虽住在上海，而起居还依着乡居的日子；早七点起，晚九点睡。有一回我九点十分去，他家已熄了灯，关好门了。这种自然的，有秩序的生活是对的。那晚上伯祥说：“圣兄明天要不舒服了。”想起来真是不知要怎样感谢才好。

第二天我便上船走了，一眨眼三年半，没有上南方去。信也很少，却全是我的懒。我只能从圣陶的小说里看出他心境的迁变；这个我要留在另一文中说。圣陶这几年里似乎到十字街头走过一趟，但现在怎么样呢？我却不甚了然。他从前晚饭时总喝点酒，“以半醺为度”；近来不大能喝酒了，却学了吹笛——

批注空间

前些日子说已会一出《八阳》，现在该又会了别的了吧。他本来喜欢看看电影，现在又喜欢听听昆曲了。但这些都不是“厌世”，如或人所说的；圣陶是不会厌世的，我知道。又，他虽会喝酒，加上吹笛，却不曾抽什么“上等的纸烟”，也不曾住过什么“小小别墅”，如或人所想的，这个我也知道。

1930年7月，北平清华园

简 析

伟大的友谊绝非经常交杯换盏，无需大谈同甘共苦，正如这两位伟大的作家，他们志同道合，经常来往，相互切磋，交流写作心得，正所谓君子之交淡如水，让人羡慕不已。叶先生“朴实的服饰和沉默的风度”感染了作者，他用朴素自然的语言记录下了相识、相知的每个细节，让我们也了解了这位中国现代童话创作的拓荒者。语言自然却见功力，用词平凡却显真情。

给亡妇

谦，日子真快，一眨眼你已经死了三个年头了。这三年里世事不知变化了多少回，但你未必注意这些个，我知道。你第一惦记的是你几个孩子，第二便轮着我。孩子和我平分你的世界，你在日如此；你死后若还有知，想来还如此的。告诉你，我夏天回家来着：迈儿长得结实极了，比我高一个头。闰儿父亲说是最乖，可是没有先前胖了。采芷和转子都好。五儿全家夸她长得好看；却在腿上生了湿疮，整天坐在竹床上不能下来，看了怪可怜的。六儿，我怎么说好，你明白，你临终时也和母亲谈过，这孩子是只可以养着玩儿的，他左挨右挨去年春天，到底没有挨过去。这孩子生了几个月，你的肺病就重起来了。我劝你少亲近他，只监督着老妈子照管就行。你总是忍不住，一会儿提，一会儿抱的。可是你病中为他操的那一份儿心也够瞧的。那一个夏天他病的时候多，你成天儿忙着，汤呀，药呀，冷呀，暖呀，连觉也没有好好儿睡过。那里有一分一毫想着你自己。瞧着他硬朗点儿你就乐，干枯的笑容在黄蜡般的脸上，我只有暗中叹气而已。

从来想不到做母亲的要像你这样。从迈儿起，你总是自己喂乳，一连四个都这样。你起初不知道按钟点儿喂，后来知道了，却又弄不惯；孩子们每夜里几次将你哭醒了，特别是闷热的夏季。我瞧你的觉老没睡足。白天里还得做菜，照料孩子，很少得空儿。你的身子本来坏，四个孩子就累你七八年。到了第五个，你自己实在不成了，又没乳，只好自己喂奶粉，另雇老妈子专管她。

但孩子跟老妈子睡，你就没有放过心；夜里一听见哭，就竖起耳朵听，工夫一大就得过去看。十六年初，和你到北京来，将迈儿，转子留在家里；三年多还不能去接他们，可真把你惦记苦了。你并不常提，我却明白。你后来说你的病就是惦记出来的；那个自然也有份儿，不过大半还是养育孩子累的。你的短短的十二年结婚生活，有十一年耗费在孩子们身上；而你一点不厌倦，有多少力量用多少，一直到自己毁灭为止。你对孩子一般儿爱，不问男的女的，大的小的。也不想到什么"养儿防老，积谷防饥"，只拼命的爱去。你对于教育老实说有些外行，孩子们只要吃得好玩得好就成了。这也难怪你，你自己便是这样长大的。况且孩子们原都还小，吃和玩本来也要紧的。你病重的时候最放不下的还是孩子。病的只剩皮包着骨头了，总不信自己不会好；老说："我死了，这一大群孩子可苦了。"后来说送你回家，你想着可以看见迈儿和转子，也愿意；你万不想到会一走不返的。我送车的时候，你忍不住哭了，说："还不知能不能再见？"可怜，你的心我知道，你满想着好好儿带着六个孩子回来见我的。谦，你那时一定这样想，一定的。

除了孩子，你心里只有我。不错，那时你父亲还在；可是你母亲死了，他另有个女人，你老早就觉得隔了一层似的。出嫁后第一年你虽还一心一意依恋着他老人家，到第二年上我和孩子可就将你的心占住，你再没有多少工夫惦记他了。你还记得第一年我在北京，你在家里。家里来信说你待不住，常回娘家去。我动气了，马上写信责备你。你教人写了一封复信，说家里有事，不能不回去。这是你第一次也可以说第末次的抗议，我从此就没给你写信。暑假时带了一肚子主意回去，但见了面，看你一脸笑，也就拉倒了。打这时候起，你渐渐从你父亲的怀里跑到我这儿。你换了金镯子帮助我的学费，叫我以后还你；但直到你死，我没有还你。你在我家受了许多气，又因为我家的缘故受你家里的气，你都忍着。这全为的是我，我知道。那回我从家乡一个中学半途辞职出走。家里人讽你也走。那里走！只得硬着头皮往你家去。那时你家像个冰窖子，你们在窖里足足住了三个月。好容易我才将你们领出来了，一同上外省去。

小家庭这样组织起来了。你虽不是什么阔小姐，可也是自小娇生惯养的，做起主妇来，什么都得干一两手；你居然做下去了，而且高高兴兴地做下去了。菜照例满是你做，可是吃的都是我们；你至多夹上两三筷子就算了。你的菜做得不坏，有一位老在行大大地夸奖过你。你洗衣服也不错，夏天我的绸大褂大概总是你亲自动手。你在家老不乐意闲着；坐前几个"月子"，老是四五天就起床，说是躺着家里事没条没理的。其实你起来也还不是没条理；咱们家那么多孩子，那儿来条理？在浙江住的时候，逃过两回兵难，我都在北平。真亏你领着母亲和一群孩子东藏西躲的；末一回还要走多少里路，翻一道大岭。这两回差不多只靠你一个人。你不但带了母亲和孩子们，还带了我一箱箱的书；你知道我是最爱书的。在短短的十二年里，你操的心比人家一辈子还多；谦，你那样身子怎么经得住！你将我的责任一股脑儿担负了去，压死了你；我如何对得起你！

你为我的捞什子书也费了不少神；第一回让你父亲的男用人从家乡捎到上海去。他说了几句闲话，你气得在你父亲面前哭了。第二回是带着逃难，别人都说你傻子。你有你的想头："没有书怎么教书？况且他又爱这个玩意儿。"其实你没有晓得，那些书丢了也并不可惜；不过教你怎么晓得，我平常从来没和你谈过这些个！总而言之，你的心是可感谢的。这十二年里你为我吃的苦真不少，可是没有过几天好日子。我们在一起住，算来也还不到五个年头。无论日子怎么坏，无论是离是合，你从来没对我发过脾气，连一句怨言也没有。——别说怨我，就是怨命也没有过。老实说，我的脾气可不大好，迁怒的事儿有的是。那些时候你往往抽噎着流眼泪，从不回嘴，也不号啕。不过我也只信得过你一个人，有些话我只和你一个人说，因为世界上只你一个人真关心我，真同情我。你不但为我吃苦，更为我分苦；我之有我现在的精神，大半是你给我培养着的。这些年来我很少生病。但我最不耐烦生病，生了病就呻吟不绝，闹那伺候病的人。你是领教过一回的，那回只一两点钟，可是也够麻烦了。你常生病，却总不开口，挣扎着起来；一来怕搅我，二来怕没人做你那份儿事。我有一个坏脾气，怕听人生病，也

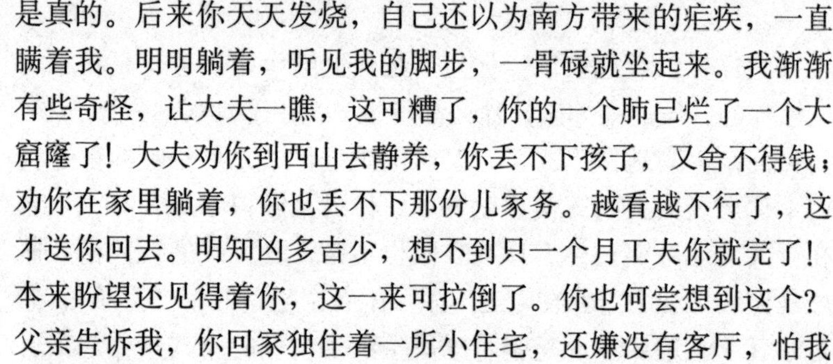

是真的。后来你天天发烧，自己还以为南方带来的疟疾，一直瞒着我。明明躺着，听见我的脚步，一骨碌就坐起来。我渐渐有些奇怪，让大夫一瞧，这可糟了，你的一个肺已烂了一个大窟窿了！大夫劝你到西山去静养，你丢不下孩子，又舍不得钱；劝你在家里躺着，你也丢不下那份儿家务。越看越不行了，这才送你回去。明知凶多吉少，想不到只一个月工夫你就完了！本来盼望还见得着你，这一来可拉倒了。你也何尝想到这个？父亲告诉我，你回家独住着一所小住宅，还嫌没有客厅，怕我回去不便哪。

前年夏天回家，上你坟上去了。你睡在祖父母的下首，想来还不孤单的。只是当年祖父母的坟太小了，你正睡在圹底下。这叫做“抗圹”，在生人看来是不安心的；等着想办法吧。那时圹上圹下密密地长着青草，朝露浸湿了我的布鞋。你刚埋了半年多，只有圹下多出一块土，别的全然看不出新坟的样子。我和隐今夏回去，本想到你的坟上来；因为她病了没来成。我们想告诉你，五个孩子都好，我们一定尽心教养他们，让他们对得起死了的母亲——你！谦，好好儿放心安睡吧，你。

1932 年 10 月

简 析

一位伟大的母亲，一个贤惠的妻子，一个孝顺的儿媳，字里行间可以窥见这样一个高大的身影，中国劳动妇女的传统美德在她的身上有很完美的体现，勤劳、善良、宽容、孝顺、善于持家，安于相夫教子。阴阳相隔三年之后，先生回味生活中的点点滴滴，充满了对结发妻子武钟谦的感激和怀念，感情平淡真实而不张扬。但与其说他在怀念那个年代的爱情，不如说是牵着续弦妻子的手悼念一份逝去的亲情。

你 我

现在受过新式教育的人，见了无论生熟朋友，往往喜欢你我相称。这不是旧来的习惯而是外国语与翻译品的影响。这风气并未十分通行；一般社会还不愿意采纳这种办法——所谓粗人一向你呀我的，却当别论。有一位中等学校校长告诉人，一个旧学生去看他，左一个“你”，右一个“你”，仿佛用指头点着他鼻子，真有些受不了。在他想，只有长辈该称他“你”，只有太太和老朋友配称他“你”。够不上这个份儿，也来“你”呀“你”的，倒像对当差老妈子说话一般，岂不可恼！可不是，从前小说里“弟兄相呼，你我相称”，也得够上那份儿交情才成。而俗语说的“你我不错”，“你我还这样那样”，也是托熟的口气，指出彼此的依赖与信任。

同辈你我相称，言下只有你我两个，旁若无人；虽然十目所视，十手所指，视他们的，指他们的，管不着。杨震在你我相对的时候，会想到你我之外的“天知地知”，真是一个玄远的托辞，亏他想得出。常人说话称你我，却只是你说给我，我说给你；别人听见也罢，不听见也罢，反正说话的一点儿没有想着他们那些不相干的。自然也有时候“取瑟而歌”，也有时候“指桑骂槐”，但那是话外的话或话里的话，论口气却只对着那一个“你”。这么着，一说你我，你我便从一群人里除外，单独地相对着。离群是可怕又可怜的，只要想想大野里的独行，黑夜里的独处就明白。你我既甘心离群，彼此便非难解难分不可；否则岂不要吃亏？难解难分就是亲昵；骨肉是亲昵，结交也是个

亲昵，所以说只有长辈该称“你”，只有太太和老朋友配称“你”。你我相称者，你我相亲而已。然而我们对家里当差老妈子也称“你”，对街上的洋车夫也称“你”，却不是一个味儿。古来以“尔汝”为轻贱之称；就指的这一类。但轻贱与亲昵有时候也难分，譬如叫孩子为“狗儿”，叫情人为“心肝”，明明将人比物，却正是亲昵之至。而长辈称晚辈为“你”，也夹杂着这两种味道——那些亲谊疏远的称“你”，有时候简直毫无亲昵的意思，只显得辈分高罢了。大概轻贱与亲昵有一点相同；就是，都可以随随便便，甚至于动手动脚。

生人相见不称“你”。通称是“先生”，有带姓不带姓之分；不带姓好像来者是自己老师，特别客气，用得少些。北平人称“某爷”，“某几爷”，如“冯爷”，“吴二爷”，也是通称，可比“某先生”亲昵些。但不能单称“爷”，与“先生”不同。“先生”原是老师，“爷”却是“父亲”；尊人为师犹之可，尊人为父未免吃亏太甚。（听说前清的太监有称人为“爷”的时候，那是刑余之人，只算例外。）至于“老爷”，多一个“老”字，就不会与父亲相混，所以仆役用以单称他的主人，旧式太太用以单称她的丈夫。女的通称“小姐”，“太太”，“师母”，却都带姓；“太太”，“师母”更其如此。因为单称“太太”，自己似乎就是老爷，单称“师母”，自己似乎就是门生，所以非带姓不可。“太太”是北方的通称，南方人却嫌官僚气；“师母”是南方的通称，北方人却嫌头巾气。女人麻烦多，真是无法奈何。比“先生”亲近些是“某某先生”，“某某兄”，“某某”是号或名字；称“兄”取其仿佛一家人。再进一步就以号相称，同时也可称“你”。在正式的聚会里，有时候得称职衔，如“张部长”，“王经理”；也可以不带姓，和“先生”一样；偶尔还得加上一个“贵”字，如“贵公使”。下属对上司也得称职衔。但像科员等小脚色却不便称衔，只好屈居在“先生”一辈里。

仆役对主人称“老爷”，“太太”，或“先生”，“师母”；与同辈分别的，一律不带姓。他们在同一时期内大概只有一个老爷，太太，或先生，师母，是他们衣食的靠山；不带姓正所以表示只有这一对儿才是他们的主人。对于主人的客，却得一律带姓；

即使主人的本家,也得带上号码儿,如“三老爷”,“五太太”。——大家庭用的人或两家合用的人例外。“先生”本可不带姓,“老爷”本是下对上的称呼，也常不带姓；女仆称“老爷”，虽和旧式太太称丈夫一样，但身分声调既然各别，也就不要紧。仆役称“师母”，决无门生之嫌，不怕尊敬过分；女仆称“太太”，毫无疑义，男仆称“太太”，与女仆称“老爷”同例。晚辈称长辈，有“爸爸”，“妈妈”，“伯伯”，“叔叔”等称。自家人和近亲不带姓，但有时候带号码儿；远亲和父执，母执，都带姓；干亲带“干”字，如“干娘”；父亲的盟兄弟，母亲的盟姊妹，有些人也以自家人论。

这种种称呼，按刘半农先生说，是“名词替代代词”，但也可说是他称替代对称。不称“你”而称“某先生”，是将分明对面的你变成一个别人；于是乎对你说的话,都不过是关于“他”的。这么着，你我间就有了适当的距离，彼此好提防着；生人间说话提防着些，没有错儿。再则一般人都可以称你“某先生”，我也跟着称“某先生”，正见得和他们一块儿，并没有单独挨近你身边去。所以“某先生”一来，就对面无你，旁边有人。这种替代法的效用，因所代的他称广狭而转移。譬如“某先生”，谁对谁都可称,用以代“你”,是十分“敬而远之”;又如“某部长”，只是僚属对同官与长官之称，“老爷”只是仆役对主人之称，敬意过于前者，远意却不及；至于“爸爸”“妈妈”，只是弟兄姊妹对父母的称，不像前几个名字可以移用在别人身上，所以虽不用“你”，还觉得亲昵，但敬远的意味总免不了有一些；在老人家前头要像在太太或老朋友前头那么自由自在，到底是办不到的。

北方话里有个“您”字，是“你”的尊称，不论亲疏贵贱全可用，方便之至。这个字比那拐弯抹角的替代法干脆多了，只是南方人听不进去，他们觉得和“你”也差不多少。这个字本是闭口音,指众数;“你们”两字就从此出。南方人多用“你们”代“你”。用众数表尊称，原是语言常例。指的既非一个，你旁边便仿佛还有些别人和你亲近的，与说话的相对着;说话的天然不敢侵犯你，也不敢妄想亲近你。这也还是个“敬而远之”。湖北人尊称人为“你

家”，“家”字也表众数，如“人家”“大家”可见。

此外还有个方便的法子，就是利用呼位，将他称与对称拉在一块儿。说话的时候先叫声“某先生”或别的，接着再说“你怎样怎样”；这么着好像“你”字儿都是对你以外的“某先生”说的，你自己就不会觉得唐突了。这个办法上下一律通行。在上海，有些不三不四的人问路，常叫一声“朋友”，再说“你”；北平老妈子彼此说话，也常叫声“某姐”，再“你”下去——她们觉得这么称呼倒比说“您”亲昵些。但若说“这是兄弟你的事”，“这是他爸爸你的责任”，“兄弟”“你”，“他爸爸”“你”简直连成一串儿，与用呼位的大不一样。这种口气只能用于亲近的人。第一例的他称意在加重全句的力量，表示虽与你亲如弟兄，这件事却得你自己办，不能推给别人。第二例因“他”而及“你”，用他称意在提醒你的身分，也是加重那个句子；好像说你我虽亲近，这件事却该由做他爸爸的你，而不由做自己的朋友的你负责任；所以也不能推给别人。又有对称在前他称在后的；但除了“你先生”，“你老兄”还有敬远之意以外，别的如“你太太”，“你小姐”，“你张三”，“你这个人”，“你这家伙”，“你这位先生”，“你这该死的”，“你这没良心的东西”，却都是些亲口埋怨或破口大骂的话。“你先生”，“你老兄”的“你”不重读，别的“你”都是重读的。“你张三”直呼姓名，好像听话的是个远哉遥遥的生人，因为只有毫无关系的人，才能直呼姓名；可是加上“你”字，却变了亲昵与轻贱两可之间。近指形容词“这”，加上量词“个”成为“这个”，都兼指人与物；说“这个人”和说“这个碟子”，一样地带些无视的神气在指点着。加上“该死的”，“没良心的”，“家伙”，“东西”，无视的神气更足。只有“你这位先生”稍稍客气些；不但因为那“先生”，并且因为那量词“位”字。“位”指“地位”，用以称人，指那有某种地位的，就与常人有别。至于“你老”，“你老人家”，“老人家”是众数，“老”是敬辞——老人常受人尊重。但“你老”用得少些。

最后还有省去对称的办法，却并不如文法书里所说，只限于祈使语气，也不限于上辈对下辈的问语或答语，或熟人间偶然的问答语：如“去吗”，“不去”之类。有人曾遇见一位颇有名望的省议会议长，随意谈天儿。那议长的说话老是这样的：

去过北京吗？
在哪儿住？
觉得北京怎么样？
几时回来的？

始终没有用一个对称，也没有用一个呼位的他称，仿佛说到一个不知是谁的人。那听话的觉得自己没有了，只看见俨然的议长。可是偶然要敷衍一两句话，而忘了对面人的姓，单称“先生”又觉不值得的时候，这么办却也可以救眼前之急。

生人相见也不多称“我”。但是单称“我”只不过傲慢，仿佛有点儿瞧不起人，却没有那过分亲昵的味儿，与称你我的时候不一样。所以自称比对称麻烦少些。若是不随便称“你”，“我”字尽可麻麻糊糊通用；不过要留心声调与姿态，别显出拍胸脯指鼻尖的神儿。若是还要谨慎些，在北方可以说“咱”，说“俺”，在南方可以说“我们”；“咱”和“俺”原来也都是闭口音，与“我们”同是众数。自称用众数，表示听话的也在内，“我”说话，像是你和我或你我他联合宣言；这么着，我的责任就有人分担，谁也不能说我自以为是了。也有说“自己”的，如“只怪自己不好”，“自己没主意，怨谁！”但同样的句子用来指你我也成。至于说“我自己”，那却是加重的语气，与这个不同。又有说“某人”，“某某人”的；如张三说，“他们老疑心这是某人做的，其实我一点也不知道。”这个“某人”就是张三，但得随手用“我”字点明。若说“张某人岂是那样的人！”却容易明白。又有说“人”，“别人”，“人家”，“别人家”的；如，“这可叫人怎么办？”“也不管人家死活。”指你我也成。这些都是用他称（单数与众数）替代自称，将自己说成别人；但都不是明确的替代，要靠上下文，加上声调姿态，才能显出作用，不像替代对称那样。而其中如“自己”，“某人”，能替代“我”的时候也不多，可见自称在我的关系多，在人的关系少，老老实实用“我”字也无妨；所以历来并不十分费心思去找替代的名词。

演说称“兄弟”，“鄙人”，“个人”或自己名字，会议称“本席”，也是他称替代自称，却一听就明白。因为这几个名词，除“兄弟”代“我”，平常谈话里还偶然用得着之外，别的差不多都已成了向公众说话专用的自称。“兄弟”，“鄙人”全是谦词，“兄弟”亲昵些；“个人”就是“自己”；称名字不带姓，好像对尊长说话。——称名字的还有仆役与幼儿。仆役称名字兼带姓，如“张顺不敢”。幼儿自称乳名，却因为自我观念还未十分发达，听见人家称自己乳名，也就如法炮制，可教大人听着乐，为的是“像煞有介事”。——“本席”指“本席的人”，原来也该是谦称；但以此自称的人往往有一种诎诎然的声调姿态，所以反觉得傲慢了。这大约是“本”字作怪。从“本总司令”到“本县长”，虽也是以他称替代自称，可都是告诫下属的口气，意在显出自己的身分，让他们知所敬畏。这种自称用的机会却不多。对同辈也偶然有要自称职衔的时候，可不用“本”字而用“敝”字。但“司令”可“敝”，“县长”可“敝”，“人”却“敝”不得；“敝人”是凉薄之人，自己骂得未免太苦了些。同辈间也可用“本”字，是在开玩笑的当儿，如“本科员”，“本书记”，“本教员”，取其气昂昂的，有俯视一切的样子。

他称比“我”更显得傲慢的还有；如“老子”，“咱老子”，“大爷我”，“我某几爷”，“我某某某”。老子本非同辈相称之词，虽然加上众数的“咱”，似乎只是壮声威，并不为的分责任。“大爷”，“某几爷”也都是尊称，加在“我”上，是增加“我”的气焰的。对同辈自称姓名，表示自己完全是个无关系的陌生人；本不如此，偏取了如此态度，将听话的远远地推开去，再加上“我”，更是神气。这些“我”字都是重读的。但除了“我某某某”，那几个别的称呼大概是丘八流氓用得多。他称也有比“我”显得亲昵的。如对儿女自称“爸爸”，“妈”，说“爸爸疼你”，“妈在这儿，别害怕”。对他们称“我”的太多了，对他们称“爸爸”，“妈”的却只有两个人，他们最亲昵的两个人。所以他们听起来，“爸爸”，“妈”比“我”鲜明得多。幼儿更是这样；他们既然还不甚懂得什么是“我”，用“爸爸”，“妈”就更要鲜明些。听了这两个名字，不用捉摸，立刻知道是谁而得着安慰；特别在他们正专心一件事或者快要睡觉的时候。若加上“你”,说“你爸爸”“你妈”,没有“我”，只有“你的”，让大些的孩子听了，亲昵的意味更多。对同辈自称“老某”，如“老张”，或“兄弟我”，如“交给兄弟我办吧,没错儿”,也是亲昵的口气。“老某”本是称人之词。单称姓，表示彼此非常之熟，一提到姓就会想起你，再不用别的；同姓的虽然无数，而提到这一姓，却偏偏只想起你。“老”字本是敬辞，但平常说笑惯了的人，忽然敬他一下，只是惊他以取乐罢了;姓上加“老”字，原来怕不过是个玩笑，正和“你老先生”,“你老人家”有时候用作滑稽的敬语一样。日子久了,不觉得,反变成“熟得很”的意思。于是自称“老张”,就是“你熟得很的张”，不用说，顶亲昵的。“我”在“兄弟”之下，指的是做兄弟的“我”，当然比平常的“我”客气些;但既有他称，还用自称，特别着重那个“我”，多少免不了自负的味儿。这个“我”字也是重读的。用“兄弟我”的也以江湖气的人为多。自称常可省去；或因叙述的方便，或因答语的方便，或因避免那傲慢的字。

“他”字也须因人而施，不能随便用。先得看“他”在不在旁边儿。还得看“他”与说话的和听话的关系如何——是长辈，同辈，晚辈，还是不相干的，不相识的？北平有个“怹”字，用以指在旁边的别人与不在旁边的尊长；别人既在旁边听着，用个敬词，自然合式些。这个字本来也是闭口音，与“您”字同是众数，是“他们”所从出。可是不常听见人说；常说的还是“某先生”。也有称职衔，行业，身分，行次，姓名号的。“他”和“你”“我”情形不同，在旁边的还可指认，不在旁边的必得有个前词才明白。前词也不外乎这五样儿。职衔如“部长”,“经理”。行业如店主叫“掌柜的”，手艺人叫“某师傅”，是通称；做衣服的叫“裁缝”，做饭的叫“厨子”，是特称。身分如妻称夫为“六斤的爸爸”，洋车夫称坐车人为“坐儿”，主人称女仆为“张妈”,“李嫂”。——“妈”,“嫂”,“师傅”都是尊长之称，却用于既非尊长，又非同辈的人，也许称“张妈”是借用自己孩子们的口气，称“师傅”是借用他徒弟的口气，只有称“嫂”才是自己的口气,用意都是要亲昵些。借用别人口气表示亲昵的,

如媳妇跟着他孩子称婆婆为“奶奶”，自己矮下一辈儿；又如跟着熟朋友用同样的称呼称他亲戚，如“舅母”，“外婆”等，自己近走一步儿；只有“爸爸”，“妈”，假借得极少。对于地位同的既可如此假借，对于地位低的当然更可随便些；反正谁也明白，这些不过说得好听罢了。——行次如称朋友或儿女用“老大”，“老二”；称男仆也常用“张二”，“李三”。称号在亲子间，夫妇间，朋友间最多，近亲与师长也常这么称。称姓名往往是不相干的人。有一回政府不让报上直称当局姓名，说应该称衔带姓，想来就是恨这个不相干的劲儿。又有指点似的说“这个人”“那个人”的，本是疏远或轻贱之称。可是有时候不愿，不便，或不好意思说出一个人的身分或姓名，也用“那个人”；这里头却有很亲昵的，如要好的男人或女人，都可称“那个人”。至于“这东西”，“这家伙”，“那小子”，是更进一步；爱憎同辞，只看怎么说出。又有用泛称的，如“别怪人”，“别怪人家”，“一个人别太不知足”，“人到底是人”。但既是泛称，指你我也未尝不可。又有用虚称的，如“他说某人不好，某人不好”；“某人”虽确有其人，却不定是谁，而两个“某人”所指也非一人。还有“有人”就是“或人”。用这个称呼有四种意思；一是不知其人，如“听说有人译这本书”。二是知其人而不愿明言，如“有人说怎样怎样”，这个人许是个大人物，自己不愿举出他的名字，以免矜夸之嫌。这个人许是个不甚知名的角色，提起来听话的未必知道，乐得不提省事。又如“有人说你的闲话”，却大大不同。三是知其人而不屑明言，如“有人在一家报纸上骂我”。四是其人或他的关系人就在一旁，故意“使子闻之”；如，“有人不乐意，我知道。”“我知道，有人恨我，我不怕。”——这么着简直是挑战的态度了。又有前词与“他”字连文的，如“你爸爸他辛苦了一辈子，真是何苦来？”是加重的语气。

亲近的及不在旁边的人才用“他”字；但这个字可带有指点的神儿，仿佛说到的就在眼前一样。自然有些古怪，在眼前的尽管用“您”或别的向远处推；不在的却又向近处拉。其实推是为说到的人听着痛快；他既在一旁，听话的当然看得亲切，口头上虽向远处推无妨。拉却是为听话人听着亲切，让他听而如见。因此“他”字虽指你我以外的别人，也有亲昵与轻贱两种情调，并不含含糊糊地“等量齐观”。最亲昵的“他”，用不着前词；如流行甚广的“看见她”歌谣里的“她”字——一个多情多义的“她”字。这还是在眼前的。新婚夫妇谈到不在眼前的丈夫，也往往没头没脑地说“他如何如何”，一面还红着脸儿。但如“管他，你走你的好了”，“他——他只比死人多口气”，就是轻贱的“他”了。不过这种轻贱的神儿若“他”不在一旁却只能从上下文看出；不像说“你”的时候永远可以从听话的一边直接看出。“他”字除人以外，也能用在别的生物及无生物身上；但只在孩子们的话里如此。指猫指狗用“他”是常事；指桌椅指树木也有用“他”的时候。譬如孩子让椅子绊了一跤，哇的哭了；大人可以将椅子打一下，说“别哭。是他不好。我打他”。孩子真会相信，回嗔作喜，甚至于也捏着小拳头帮着捶两下。孩子想着什么都是活的，所以随随便便地“他”呀“他”的，大人可就不成。大人说“他”，十回九回指人；别的只称名字，或说“这个”，“那个”，“这东西”，“这件事”，“那种道理”。但也有例外，像“听他去吧”，“管他成不成，我就是这么办”。这种“他”有时候指事不指人。还有个“彼”字，口语里已废而不用。除了说“不分彼此”，“彼此都是一样”。这个“彼”字不是“他”而是与“这个”相对的“那个”，已经在“人称”之外。“他”字不能省略，一省就与你我相混；只除了在直截的答语里。

代词的三称都可用名词替代，三称的单数都可用众数替代，作用是“敬而远之”。但三称还可互代；如“大难临头，不分你我”，“他们你看我，我看你，一句话不说”，“你”“我”就是“彼”“此”。又如“此公人弃我取”，“我”是“自己”。又如论别人，“其实你去不去与人无干，我们只是尽朋友之道罢了。”“你”实指“他”而言。因为要说得活灵活现，才将三人间变为二人间，让听话的更觉得亲切些。意思既指别人，所以直呼“你”“我”，无需避忌。这都以自称对称替代他称。又如自己责备自己说：“咳，你真糊涂！”这是化一身为两人。又如批评别人，“凭你说干了嘴唇皮，他听你一句才怪！”“你”就是“我”，是让你设身处地替自己想。又如，“你只管不动声色地干下去，他们知道我怎

么办？”“我”就是“你”；是自己设身处地替对面人想。这都是着急的口气：我的事要你设想，让你同情我；你的事我代设想，让你亲信我。可不一定亲昵，只在说话当时见得彼此十二分关切就是了。只有“他”字，却不能替代“你”“我”，因为那么着反把话说远了。

众数指的是一人与一人，一人与众人，或众人与众人，彼此间距离本远，避忌较少。但是也有分别；名词替代，还用得着。如“各位”，“诸位”，“诸位先生”，都是“你们”的敬词；“各位”是逐指，虽非众数而作用相同。代词名词连文，也用得着。如“你们这些人”，“你们这班东西”，轻重不一样，却都是责备的口吻。又如发牢骚的时候不说“我们”而说“这些人”，“我们这些人”，表示多多少少，是与众不同的人。但替代“我们”的名词似乎没有。又如不说“他们”而说“人家”，“那些位”，“这班东西”，“那班东西”，或“他们这些人”。三称众数的对峙，不像单数那样明白的鼎足而三。“我们”，“你们”，“他们”相对的时候并不多；说“我们”，常只与“你们”，“他们”二者之一相对着。这儿的“你们”包括“他们”，“他们”也包括“你们”；所以说“我们”的时候，实在只有两边儿。所谓“你们”，有时候不必全都对面，只是与对面的在某些点上相似的人；所谓“我们”，也不一定全在身旁，只是与说话的在某些点上相似的人。所以“你们”，“我们”之中，都有“他们”在内。“他们”之近于“你们”的，就收编在“你们”里；“他们”之近于“我们”的，就收编在“我们”里；于是“他们”就没有了。“我们”与“你们”也有相似的时候，“我们”可以包括“你们”，“你们”就没有了；只剩下“他们”和“我们”相对着。演说的时候，对听众可以说“你们”，也可以说“我们”。说“你们”显得自己高出他们之上，在教训着；说“我们”，自己就只在他们之中，在彼此勉励着。听众无疑地是愿意听“我们”的。只有“我们”，永远存在，不会让人家收编了去；因为没有“我们”，就没有了说话的人。“我们”包罗最广，可以指全人类，而与一切生物无生物对峙着。“你们”，“他们”都只能指人类的一部分；而“他们”除了特别情形，只能指不在眼前的人，所以更狭窄些。

北平自称的众数有“咱们”，“我们”两个。第一个发见这两个自称的分别的是赵元任先生。他在《阿丽思漫游奇境记》的凡例里说：

> “咱们”是对他们说的，听话的人也在内的。
>
> “我们”是对你们或他们说的，听话的人不在内的。

赵先生的意思也许说，“我们”是对你们或（你们和）他们说的。这么着“咱们”就收编了“你们”，“我们”就收编了“他们”——不能收编的时候，“我们”就与“你们”，“他们”成鼎足之势。这个分别并非必需，但有了也好玩儿；因为说“咱们”亲昵些，说“我们”疏远些，又多一个花样。北平还有个“俩”字，只指两个，“咱们俩”，“你们俩”，“他们俩”，无非显得两个人更亲昵些；不带“们”字也成。还有“大家”是同辈相称或上称下之词，可用在“我们”，“你们”，“他们”之下。单用是所有相关的人都在内；加“我们”拉得近些，加“你们”推得远些，加“他们”更远些。至于“诸位大家”，当然是个笑话。

代词三称的领位，也不能随随便便的。生人间还是得用替代，如称自己丈夫为“我们老爷”，称朋友夫人为“你们太太”，称别人父亲为“某先生的父亲”。但向来还有一种简便的尊称与谦称，如“令尊”，“令堂”，“尊夫人”，“令弟”，“令郎”，以及“家父”，“家母”，“内人”，“舍弟”，“小儿”等等。“令”字用得最广，不拘那一辈儿都加得上，“尊”字太重，用处就少；“家”字只用于长辈同辈，“舍”字，“小”字只用于晚辈。熟人也有用通称而省去领位的，如自称父母为“老人家”，——长辈对晚辈说他父母，也这么称——称朋友家里人为“老太爷”，“老太太”，“太太”，“少爷”，“小姐”；可是没有称人家丈夫为“老爷”或“先生”的，只能称“某先生”，“你们先生”。此外有称“老伯”，“伯母”，“尊夫人”的，为的亲昵些；所省去的却非“你的”而是“我的”。更熟的人可称“我父亲”，“我弟弟”，“你学生”，“你姑娘”，却并不大用“的”字。“我的”往往只用于呼位；如，“我的妈呀！”“我的儿呀！”“我的天呀！”被领位若不是人而是事物，

批注空间

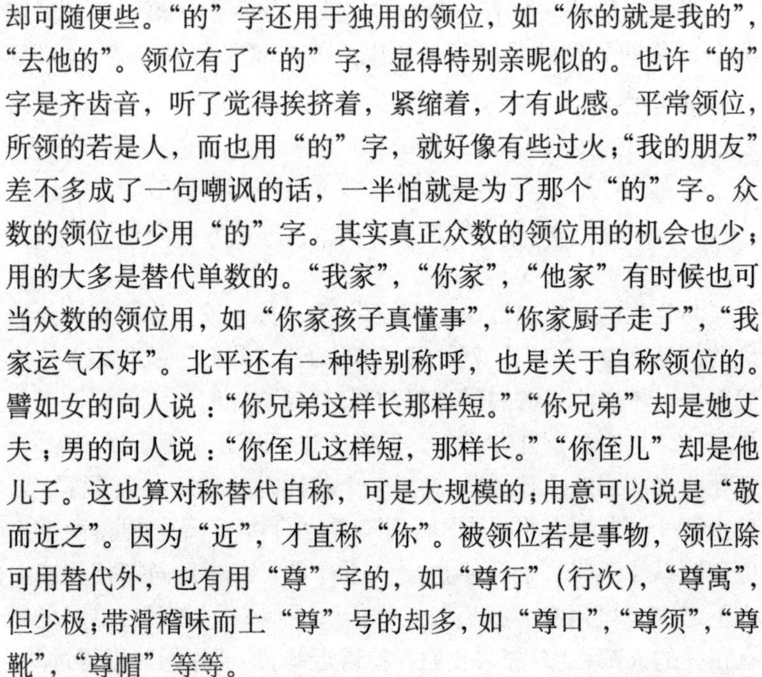

却可随便些。“的”字还用于独用的领位，如“你的就是我的”，“去他的”。领位有了“的”字，显得特别亲昵似的。也许“的”字是齐齿音，听了觉得挨挤着，紧缩着，才有此感。平常领位，所领的若是人，而也用“的”字，就好像有些过火；“我的朋友”差不多成了一句嘲讽的话，一半怕就是为了那个“的”字。众数的领位也少用“的”字。其实真正众数的领位用的机会也少；用的大多是替代单数的。“我家”，“你家”，“他家”有时候也可当众数的领位用，如“你家孩子真懂事”，“你家厨子走了”，“我家运气不好”。北平还有一种特别称呼，也是关于自称领位的。譬如女的向人说：“你兄弟这样长那样短。”“你兄弟”却是她丈夫；男的向人说：“你侄儿这样短，那样长。”“你侄儿”却是他儿子。这也算对称替代自称，可是大规模的；用意可以说是“敬而近之”。因为“近”，才直称“你”。被领位若是事物，领位除可用替代外，也有用“尊”字的，如“尊行”（行次），“尊寓”，但少极；带滑稽味而上“尊”号的却多，如“尊口”，“尊须”，“尊靴”，“尊帽”等等。

外国的影响引我们抄近路，只用“你”，“我”，“他”，“我们”，“你们”，“他们”，倒也是干脆的办法；好在声调姿态变化是无穷的。“他”分为三，在纸上也还有用，口头上却用不着；读“她”为“丨”，“它”或“牠”为“ㄊㄜ”，大可不必，也行不开去。“它”或“牠”用得也太洋味儿，真蹩扭，有些实在可用“这个”“那个”。再说代词用得太多，好些重复是不必要的；而领位“的”字也用得太滥点儿。

简析

朱先生是个博古通今的大学者，先生的文章涉及的范围之广，程度之深让人叹为观止，通览这篇关于称呼的文章让人有茅塞顿开之感。从古代文言的称呼到现代受了外语影响后的汉语称呼，从北京话到北方方言，从敬称到谦称，从单指到众数，先生都做了精细的论述，举例适当，说理清楚，值得反复品味。

谈抽烟

有人说，“抽烟有什么好处？还不如吃点口香糖，甜甜的，倒不错。”不用说，你知道这准是外行。口香糖也许不错，可是喜欢的怕是女人孩子居多；男人很少赏识这种玩意儿的；除非在美国，那儿怕有些个例外。一块口香糖得嘴嚼老半天，还是嚼不完，凭你怎么斯文，那朵颐的样子，总遮掩不住，总有点儿不雅相。这其实不像抽烟，倒像衔橄榄。你见过衔着橄榄的人？腮帮子上凸出一块，嘴里不时地　儿　儿的。抽烟可用不着这么费劲；烟卷儿尤其省事，随便一刁上，悠然的就吸起来，谁也不来注意你。抽烟说不上是什么味道，勉强说，也许有点儿苦吧。但抽烟的不稀罕那“苦”而稀罕那“有点儿”。他的嘴太闷了，或者太闲了，就要这么点儿来凑个热闹，让他觉得嘴还是他的。嚼一块口香糖可就太多，甜甜的，够多腻味；而且有了糖也许便忘记了“我”。

抽烟其实是个玩意儿。就说抽卷烟吧，你打开匣子或罐子，抽出烟来，在桌上顿几下，衔上，擦洋火，点上。这其间每一个动作都带股劲儿，像做戏一般。自己也许不觉得，但到没有烟抽的时候，便觉得了。那时候你必然闲得无聊；特别是两只手，简直没放处。再说那吐出的烟，袅袅地缭绕着，也够你一回两回地捉摸；它可以领你走到顶远的地方去。——即便在百忙当中，也可以让你轻松一忽儿。所以老于抽烟的人，一叼上烟，真能悠然遐想。他霎时间是个自由自在的身子，无论他是靠在沙发上的绅士，还是蹲在台阶上的瓦匠。有时候他还能够叼着烟和

人说闲话；自然有些含含糊糊的，但是可喜的是那满不在乎的神气。这些大概也算是游戏三昧吧。

好些人抽烟，为的有个伴儿。譬如说一个人单身住在北平，和朋友在一块儿，倒是有说有笑的，回家来，空屋子像水一样。这时候他可以摸出一支烟抽起来，借点儿暖气。黄昏来了，屋子里的东西只剩些轮廓，暂时懒得开灯，也可以点上一支烟，看烟头上的火一闪一闪的，像亲密的低语，只有自己听得出。要是生气，也不妨迁怒一下，使劲儿吸他十来口。客来了，若你倦了说不得话，或者找不出可说的，干坐着岂不着急？这时候最好拈起一支烟将嘴堵上等你对面的人。若是他也这么办，便尽时间在烟子里爬过去。各人抓着一个新伴儿，大可以盘桓一会的。

从前抽水烟旱烟，不过一种不伤大雅的嗜好，现在抽烟却成了派头。抽烟卷儿指头黄了，由它去。用烟嘴不独麻烦，也小气，又跟烟隔得那么老远的。今儿大褂上一个窟窿，明儿坎肩上一个，由他去。一支烟里的尼古丁可以毒死一个小麻雀，也由它去。总之，蹩蹩扭扭的，其实也还是个“满不在乎”罢了。烟有好有坏，味有浓有淡，能够辨味的是内行，不择烟而抽的是大方之家。

简 析

一张陈旧的木纹书桌，一杯浓茶，一支忽明忽暗的香烟，烟雾缭绕中先生文思泉涌，笔耕不辍，看了文章的题目我的脑海里就浮现了这样一幕景象。有人抽烟是为了排遣寂寞，有人抽烟是为了寻找刺激，有人抽烟是为了麻醉神经，总之抽烟是一个让人正视内心的媒介。烟雾缭绕，袅袅升腾，无数伟人的思索伴随着这样的景象，对于这“不伤大雅的嗜好”我们不置可否，但吸烟有害健康是永恒的真理。

冬　天

说起冬天，忽然想到豆腐。是一“小洋锅”（铝锅）白煮豆腐，热腾腾的。水滚着，像好些鱼眼睛，一小块一小块豆腐养在里面，嫩而滑，仿佛反穿的白狐大衣。锅在“洋炉子”（煤油不打气炉）上，和炉子都熏得乌黑乌黑，越显出豆腐的白。这是晚上，屋子老了，虽点着“洋灯”，也还是阴暗。围着桌子坐的是父亲跟我们哥儿三个。“洋炉子”太高了，父亲得常常站起来，微微地仰着脸，觑着眼睛，从氤氲的热气里伸进筷子，夹起豆腐，一一地放在我们的酱油碟里。我们有时也自己动手，但炉子实在太高了，总还是坐享其成的多。这并不是吃饭，只是玩儿。父亲说晚上冷，吃了大家暖和些。我们都喜欢这种白水豆腐；一上桌就眼巴巴望着那锅，等着那热气，等着热气里从父亲筷子上掉下来的豆腐。

又是冬天，记得是阴历十一月十六晚上，跟S君P君在西湖里坐小划子。S君刚到杭州教书，事先来信说：“我们要游西湖，不管它是冬天。”那晚月色真好，现在想起来还像照在身上。本来前一晚是“月当头”；也许十一月的月亮真有些特别吧。那时九点多了，湖上似乎只有我们一只划子。有点风，月光照着软软的水波；当间那一溜儿反光，像新研的银子。湖上的山只剩了淡淡的影子。山下偶尔有一两星灯火。S君口占两句诗道：“数星灯火认渔村，淡墨轻描远黛痕。”我们都不大说话，只有均匀的桨声。我渐渐地快睡着了。P君“喂”了一下，才抬起眼皮，看见他在微笑。船夫问要不要上净寺去；是阿弥陀佛生日，那边蛮热闹的。到了寺里，殿上灯烛辉煌，满是佛婆念佛的声音，

好像醒了一场梦。这已是十多年前的事了，S君还常常通着信，P君听说转变了好几次，前年是在一个特税局里收特税了，以后便没有消息。

在台州过了一个冬天，一家四口子。台州是个山城，可以说在一个大谷里。只有一条二里长的大街。别的路上白天简直不大见人；晚上一片漆黑。偶尔人家窗户里透出一点灯光，还有走路的拿着的火把；但那是少极了。我们住在山脚下。有的是山上松林里的风声，跟天上一只两只的鸟影。夏末到那里，春初便走，却好像老在过着冬天似的；可是即便真冬天也并不冷。我们住在楼上，书房临着大路；路上有人说话，可以清清楚楚地听见。但因为走路的人太少了，间或有点说话的声音，听起来还只当远风送来的，想不到就在窗外。我们是外路人，除上学校去之外，常只在家里坐着。妻也惯了那寂寞，只和我们爷儿们守着。外边虽老是冬天，家里却老是春天。有一回我上街去，回来的时候，楼下厨房的大方窗开着，并排地挨着她们母子三个；三张脸都带着天真微笑地向着我。似乎台州空空的，只有我们四人；天地空空的，也只有我们四人。那时是民国十年，妻刚从家里出来，满自在。现在她死了快四年了，我却还老记着她那微笑的影子。

无论怎么冷，大风大雪，想到这些，我心上总是温暖的。

简 析

如此短小的一篇美文，饱含了亲情，饱含了温馨，饱含了浓情蜜意，读起来的感觉就像走近了雪地里的腊梅，芬芳之气沁人心脾。原本是萧瑟、落寞、飘零、寒冷的冬天，在先生心里却充满了亲情和爱，繁花落尽的季节也一如既往地惦记着家人，回忆着往事，温习着生活中的点点滴滴。只要拥有善感的心灵，即使是在这样一个寒风呼啸的季节，伸手触及的依然是沁人的天堂飘落的花瓣。

批注空间

南　京

南京是值得留连的地方，虽然我只是来来去去，而且又都在夏天。也想夸说夸说，可惜知道的太少；现在所写的，只是一个旅行人的印象罢了。

逛南京像逛古董铺子，到处都有些时代侵蚀的遗痕。你可以摩挲，可以凭吊，可以悠然遐想；想到六朝的兴废，王谢的风流，秦淮的艳迹。这些也许只是老调子，不过经过自家一番体贴，便不同了。所以我劝你上鸡鸣寺去，最好选一个微雨天或月夜。在朦胧里，才酝酿着那一缕幽幽的古味。你坐在一排明窗的豁蒙楼上，吃一碗茶，看面前苍然蜿蜒着的台城。台城外明净荒寒的玄武湖就像大涤子的画。豁蒙楼一排窗子安排得最有心思，让你看的一点不多，一点不少。寺后有一口灌园的井，可不是那陈后主和张丽华躲在一堆儿的“胭脂井”。那口胭脂井不在路边，得破费点工夫寻觅。井栏也不在井上；要看，得老远地上明故宫遗址的古物保存所去。

从寺后的园地，拣着路上台城；没有垛子，真像平台一样。踏在茸茸的草上，说不出的静。夏天白昼有成群的黑蝴蝶，在微风里飞；这些黑蝴蝶上下旋转地飞，远看像一根粗的圆柱子。城上可以望南京的每一角。这时候若有个熟悉历代形势的人，给你指点，隋兵是从这角进来的，湘军是从那角进来的，你可以想象异样装束的队伍，打着异样的旗帜，拿着异样的武器，汹汹涌涌地进来，远远仿佛还有哭喊之声。假如你记得一些金陵怀古的诗词，趁这时候暗诵几回，也可印证印证，许更能领

略作者当日的情思。

从前可以从台城爬出去，在玄武湖边；若是月夜，两三个人，两三个零落的影子，歪歪斜斜地挪移下去，够多好。现在可不成了，得出寺，下山，绕着大弯儿出城。七八年前，湖里几乎长满了苇子，一味地荒寒，虽有好月光，也不大能照到水上；船又窄，又小，又漏，教人逛着愁着。这几年大不同了，一出城，看见湖，就有烟水苍茫之意；船也大多了，有藤椅子可以躺着。水中岸上都光光的；亏得湖里有五个洲子点缀着，不然便一览无余了。这里的水是白的，又有波澜，俨然长江大河的气势，与西湖的静绿不同，最宜于看月，一片空蒙，无边无界。若在微醺之后，迎着小风，似睡非睡地躺在藤椅上，听着船底汩汩的波响与不知何方来的箫声，真会教你忘却身在那里。五个洲子似乎都局促无可看，但长堤宛转相通，却值得走走。湖上的樱桃最出名。据说樱桃熟时，游人在树下现买，现摘，现吃，谈着笑着，多热闹的。

清凉山在一个角落里，似乎人迹不多。扫叶楼的安排与豁蒙楼相仿佛，但窗外的景象不同。这里是滴绿的山环抱着，山下一片滴绿的树；那绿色真是扑到人眉宇上来。若许我再用画来比，这怕像王石谷的手笔了。在豁蒙楼上不容易坐得久，你至少要上台城去看看。在扫叶楼上却不想走；窗外的光景好像满为这座楼而设，一上楼便什么都有了。夏天去确有一股“清凉”味。这里与豁蒙楼全有素面吃，又可口，又贱。

莫愁湖在华严庵里。湖不大，又不能泛舟，夏天却有荷花荷叶。临湖一带屋子，凭栏眺望，也颇有远情。莫愁小像，在胜棋楼下，不知谁画的，大约不很古吧；但脸子开得秀逸之至，衣褶也柔活之至，大有“挥袖凌虚翔”的意思；若让我题，我将毫不踌躇地写上“仙乎仙乎”四字。另有石刻的画像，也在这里，想来许是那一幅画所从出；但生气反而差得多。这里虽也临湖，因为屋子深，显得阴暗些；可是古色古香，阴暗得好。诗文联语当然多，只记得王湘绮的半联云：“莫轻他北地胭脂，看艇子初来，江南儿女无颜色。”气概很不错。所谓胜棋楼，相传是明太祖与徐达下棋，徐达胜了，太祖便赐给他这一所屋子。

太祖那样人，居然也会做出这种雅事来了。左手临湖的小阁却敞亮得多，也敞亮得好。有曾国藩画像，忘记是谁横题着“江天小阁坐人豪”一句。我喜欢这个题句，“江天”与“坐人豪”，景象阔大，使得这屋子更加开朗起来。

秦淮河我已另有记。但那文里所说的情形，现在已大变了。从前读《桃花扇》《板桥杂记》一类书，颇有沧桑之感；现在想到自己十多年前身历的情形，怕也会有沧桑之感了。前年看见夫子庙前旧日的画舫，那样狼狈的样子，又在老万全酒栈看秦淮河水，差不多全黑了，加上巴掌大，透不出气的所谓秦淮小公园，简直有些厌恶，再别提做什么梦了。贡院原也在秦淮河上，现在早拆得只剩一点儿了。民国五年父亲带我去看过，已经荒凉不堪，号舍里草都长满了。父亲曾经办过江南闱差，熟悉考场的情形，说来头头是道。他说考生入场时，都有送场的，人很多，门口闹嚷嚷的。天不亮就点名，搜夹带。大家都归号。似乎直到晚上，头场题才出来，写在灯牌上，由号军扛着在各号里走。所谓“号”，就是一条狭长的胡同，两旁排列着号舍，口儿上写着什么天字号，地字号等等的。每一号舍之大，恰好容一个人坐着；从前人说是像轿子，真不错。几天里吃饭，睡觉，作文章，都在这轿子里；坐的伏的各有一块硬板，如是而已。官号稍好一些，是给达官贵人的子弟预备的，但得补褂朝珠地入场，那时是夏秋之交，天还热，也够受的。父亲又说，乡试时场外有兵巡逻，防备通关节。场内也竖起黑幡，叫鬼魂们有冤报冤，有仇报仇；我听到这里，有点毛骨悚然。现在贡院已变成碎石路；在路上走的人，怕很少想起这些事情的了吧？

明故宫只是一片瓦砾场，在斜阳里看，只感到李太白《忆秦娥》的“西风残照，汉家陵阙”二语的妙。午门还残存着，遥遥直对洪武门的城楼，有万千气象。古物保存所便在这里，可惜规模太小，陈列得也无甚次序。明孝陵道上的石人石马，虽然残缺零乱，还可见泱泱大风；享殿并不巍峨，只陵下的隧道，阴森袭人，夏天在里面待着，凉风沁人肌骨。这陵大概是开国时草创的规模，所以简朴得很；比起长陵，差得真太远了。然而简朴得好。

批注空间

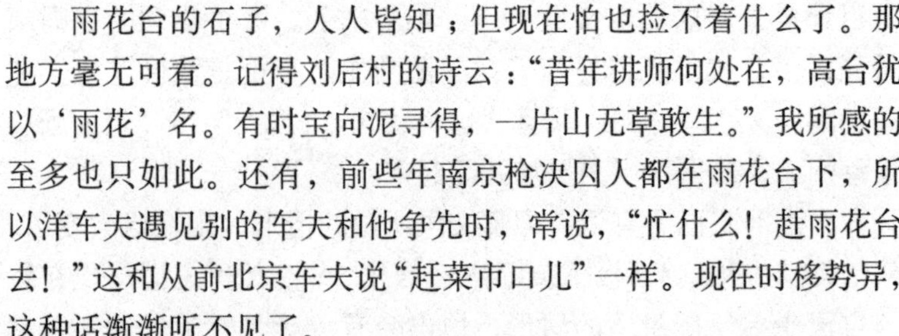

雨花台的石子，人人皆知；但现在怕也捡不着什么了。那地方毫无可看。记得刘后村的诗云："昔年讲师何处在，高台犹以'雨花'名。有时宝向泥寻得，一片山无草敢生。"我所感的至多也只如此。还有，前些年南京枪决囚人都在雨花台下，所以洋车夫遇见别的车夫和他争先时，常说，"忙什么！赶雨花台去！"这和从前北京车夫说"赶菜市口儿"一样。现在时移势异，这种话渐渐听不见了。

燕子矶在长江里看，一片绝壁，危亭翼然，的确惊心动魄。但到了上边，逼窄污秽，毫无可以盘桓之处。燕山十二洞，去过三个。只三台洞层层折折，由幽入明，别有匠心，可是也年久失修了。

南京的新名胜，不用说，首推中山陵。中山陵全用青白两色，以象征青天白日，与帝王陵寝用红墙黄瓦的不同。假如红墙黄瓦有富贵气，那青琉璃瓦的享堂，青琉璃瓦的碑亭却有名贵气。从陵门上享堂，白石台阶不知多少级，但爬得够累的；然而你远看，决想不到会有这么多的台阶儿。这是设计的妙处。德国波慈达姆无愁宫前的石阶，也同此妙。享堂进去也不小；可是远处看，简直小得可以，和那白石的飞阶不相称，一点儿压不住，仿佛高个儿戴着小尖帽。近处山角里一座阵亡将士纪念塔，粗粗的，矮矮的，正当着一个青青的小山峰，让两边儿的山紧紧抱着，静极，稳极。——谭墓没去过，听说颇有点丘壑。中央运动场也在中山陵近处，全仿外洋的样子。全国运动会时，也不知有多少照相与描写登在报上；现在是时髦的游泳的地方。

若要看旧书，可以上江苏省立图书馆去。这在汉西门龙蟠里，也是一个角落里。这原是江南图书馆，以丁丙的善本书室藏书为底子；词曲的书特别多。此外中央大学图书馆近年来也颇有不少书。中央大学是个散步的好地方。宽大，干净，有树木；黄昏时去兜一个或大或小的圈儿，最有意思。后面有个梅庵，是那会写字的清道人的遗迹。这里只是随宜地用树枝搭成的小小的屋子。庵前有一株六朝松，但据说实在是六朝桧；桧阴遮住了小院子，真是不染一尘。

南京茶馆里干丝很为人所称道。但这些人必没有到过镇江，扬州，那儿的干丝比南京细得多，又从来不那么甜。我倒是觉得芝麻烧饼好，一种长圆的，刚出炉，既香，且酥，又白，大概各茶馆都有。咸板鸭才是南京的名产，要热吃，也是香得好；肉要肥要厚，才有咬嚼。但南京人都说盐水鸭更好，大约取其嫩，其鲜；那是冷吃的，我可不知怎样，老觉得不大得劲儿。

批注空间

简析

“钟阜龙蟠，石城虎踞”说的就是古城南京，这个六朝金粉之地孕育了灿烂的秦淮文化，古往今来，碧波荡漾、桨声灯影的秦淮盛景名扬天下，“梨花似雪草如烟，春在秦淮两岸边，一带妆楼临水盖，家家粉影照婵娟”，《桃花扇》里就是这样描写的。朝代的更迭里，蒙着历史的烟尘，秦淮几度曲折。南京这座历史文化名城依旧繁华兴盛，亭台楼阁，商店林立，高楼鳞次栉比，饱含当年古城的韵味。

批注空间

潭柘寺　戒坛寺

早就知道潭柘寺，戒坛寺。在商务印书馆的《北平指南》上，见过潭柘的铜图，小小的一块，模模糊糊的，看了一点没有想去的意思。后来不断地听人说起这两座庙；有时候说路上不平静，有时候说路上红叶好。说红叶好的劝我秋天去；但也有人劝我夏天去。有一回骑驴上八大处，赶驴的问逛过潭柘没有，我说没有。他说潭柘风景好，那儿满是老道，他去过，离八大处七八十里地，坐轿骑驴都成。我不大喜欢老道的装束，尤其是那满蓄着的长头发，看上去　里　唆，龌里龌龊的。更不想骑驴走七八十里地，因为我知道驴子与我都受不了。真打动我的倒是“潭柘寺”这个名字。不懂不是？就是不懂的妙。躲懒的人念成“潭拓寺”，那更莫名其妙了。这怕是中国文法的花样；要是来个欧化，说是“潭和柘的寺”，那就用不着咬嚼或吟味了。还有在一部诗话里看见近人咏戒台松的七古，诗腾挪夭矫，想来松也如此。所以去。但是在夏秋之前的春天，而且是早春；北平的早春是没有花的。

这才认真打听去过的人。有的说住潭柘好，有的说住戒坛好。有的人说路太难走，走到了筋疲力尽，再没兴致玩儿；有人说走路有意思。又有人说，去时坐了轿子，半路上前后两个轿夫吵起来，把轿子搁下，直说不抬了。于是心中暗自决定，不坐轿，也不走路；取中道，骑驴子。又按普通说法，总是潭柘寺在前，戒坛寺在后，想着戒坛寺一定远些；于是决定住潭柘，因为一天回不来，必得住。门头沟下车时，想着人多，怕雇不着许多驴，但是并不然——雇驴的时候，才知道戒坛去便宜一半，那就是说近一半。这时候自己忽然逞起能来，要走路。走吧。

这一段路可够瞧的。像是河床，怎么也挑不出没有石子的地方，脚底下老是绊来绊去的，教人心烦。又没有树木，甚至于没有一根草。这一带原是煤窑，拉煤的大车往来不绝，尘土里饱和着煤屑，变成黯淡的深灰色，教人看了透不出气来。走一点钟光景。自己觉得已经有点办不了，怕没有走到便筋疲力尽；幸而山上下来一条驴，如获至宝似的雇下，骑上去。这一天东风特别大。平常骑驴就不稳，风一大真是祸不单行。山上东西都有路，很窄，下面是斜坡；本来从西边走，驴夫看风势太猛，将驴拉上东路。就这么着，有一回还几乎让风将驴吹倒；若走西边，没有准儿会驴我同归哪。想起从前人画风雪骑驴图，极是雅事；大概那不是上潭柘寺去的。驴背上照例该有些诗意，但是我，下有驴子，上有帽子眼镜，都要照管；又有迎风下泪的毛病，常要掏手巾擦干。当其时真恨不得生出第三只手来才好。

东边山峰渐起，风是过不来了；可是驴也骑不得了，说是坎儿多。坎儿可真多。这时候精神倒好起来了：崎岖的路正可以练腰脚，处处要眼到心到脚到，不像平地上。人多更有点竞赛的心理，总想走上最前头去，再则这儿的山势虽然说不上险，可是突兀，丑怪，　峻刻的地方有的是。我们说这才有点儿山的意思；老像八大处那样，真教人气闷闷的。于是一直走到潭柘寺后门；这段坎儿路比风里走过的长一半，小驴毫无用处，驴夫说："咳，这不过给您做个伴儿！"

墙外先看见竹子，且不想进去。又密，又粗，虽然不够绿。北平看竹子，真不易。又想到八大处了，大悲庵殿前那一溜儿，薄得可怜，细得也可怜，比起这儿，真是小巫见大巫了。进去过一道角门，门旁突然亭亭地矗立着两竿粗竹子，在墙上紧紧地挨着；要用批文章的成语，这两竿竹子足称得起"天外飞来之笔"。

正殿屋角上两座琉璃瓦的鸱吻，在台阶下看，值得徘徊一下。神话说殿基本是青龙潭，一夕风雨，顿成平地，涌出两鸱吻。只可惜现在的两座太新鲜，与神话的朦胧幽秘的境界不相

批注空间

称。但是还值得看，为的是大得好，在太阳里嫩黄得好，闪亮得好；那拴着的四条黄铜链子也映衬得好。寺里殿很多，层层折折高上去，走起来已经不平凡，每殿大小又不一样，塑像摆设也各出心裁。看完了，还觉得无穷无尽似的。正殿下延清阁是待客的地方，远处群山像屏障似的。屋子结构甚巧，穿来穿去，不知有多少间，好像一所大宅子。可惜尘封不扫，我们住不着。话说回来，这种屋子原也不是预备给我们这么多人挤着住的。寺门前一道深沟，上有石桥；那时没有水，若是现在去，倚在桥上听潺潺的水声，倒也可以忘我忘世。过桥四株马尾松，枝枝覆盖，叶叶交通，另成一个境界。西边小山上有个古观音洞。洞无可看，但上去时在山坡上看潭柘的侧面，宛如仇十洲的《仙山楼阁图》；往下看是陡峭的沟岸，越显得深深无极，潭柘简直有海上蓬莱的意味了。寺以泉水著名，到处有石槽引水长流，倒也涓涓可爱。只是流觞亭雅得那样俗，在石地上楞刻着蚯蚓般的槽；那样流觞，怕只有孩子们愿意干。现在兰亭的“流觞曲水”也和这儿的一鼻孔出气，不过规模大些。晚上因为带的铺盖薄，冻得睁着眼，却听了一夜的泉声；心里想要不冻着，这泉声够多清雅啊！寺里并无一个老道，但那几个和尚，满身铜臭，满眼势利，教人老不能忘记，倒也麻烦的。

第二天清早，二十多人满雇了牲口，向戒坛而去，颇有浩浩荡荡之势。我的是一匹骡子，据说稳得多。这是第一回，高高兴兴骑上去。这一路要翻罗喉岭。只是土山，可是道儿窄，又曲折；虽不高，老那么凸凸凹凹的。许多处只容得一匹牲口过去。平心说，是险点儿。想起古来用兵，从间道袭敌人，许也是这种光景吧。

戒坛在半山上，山门是向东的。一进去就觉得平旷；南面只有一道低低的砖栏，下边是一片平原，平原尽处才是山，与众山屏蔽的潭柘气象便不同。进二门，更觉得空阔疏朗，仰看正殿前的平台，仿佛汪洋千顷。这平台东西很长，是戒坛最胜处，眼界最宽，教人想起“振衣千仞冈”的诗句。三株名松都在这里。“卧龙松”与“抱塔松”同是偃仆的姿势，身躯奇伟，鳞甲苍然，有飞动之意。“九龙松”老干槎枒，如张牙舞爪一般。若在月光底下，森森然的松影当更有可看。此地最宜低徊流连，不是匆匆一览所可领略。潭柘以层折胜，戒坛以开朗胜；但潭柘似乎更幽静些。戒坛的和尚，春风满面，却远胜于潭柘的；我们之中颇有悔不该住潭柘的。戒坛后山上也有个观音洞。洞宽大而深，大家点了火把嚷嚷闹闹地下去；半里光景的洞满是油烟，满是声音。洞里有石虎，石龟，上天梯，海眼等等，无非是凑凑人的热闹而已。

还是骑骡子。回到长辛店的时候，两条腿几乎不是我的了。

简 析

先生用善感的心和不辍的笔辛勤地记录着自己的行踪，所到之处无不从古到今，从自然到人文，从文学到文化详细介绍和描写，让人读了受益匪浅。这些历史悠久、规模宏大、殿宇巍峨、风景秀丽的千年古刹自然也留下了作者的足迹。从现代人的角度审视这两座寺庙，无论是势利的和尚还是蓊郁的树木都有一番耐人寻味的感觉。

批注空间

威尼斯

威尼斯（Venice）是一个别致地方。出了火车站，你立刻便会觉得；这里没有汽车，要到那儿，不是搭小火轮，便是雇“刚朵拉”（Condola）。大运河穿过威尼斯像反写的S；这就是大街。另有小河道四百十八条，这些就是小胡同。轮船像公共汽车，在大街上走；“刚朵拉”是一种摇橹的小船，威尼斯所特有，它那儿都去。威尼斯并非没有桥；三百七十八座。有的是。只要不怕转弯抹角，那儿都走得到，用不着下河去。可是轮船中人还是很多，“刚朵拉”的买卖也似乎并不坏。

威尼斯是“海中的城”，在意大利半岛的东北角上，是一群小岛，外面一道沙堤隔开亚得利亚海。在圣马克方场的钟楼上看，团花簇锦似的东一块西一块在绿波里荡漾着。远处是水天相接，一片茫茫。这里没有什么煤烟，天空干干净净；在温和的日光中，一切都像透明的。中国人到此，仿佛在江南的水乡；夏初从欧洲北部来的，在这儿还可看见清清楚楚的春天的背影。海水那么绿，那么酽，会带你到梦中去。

威尼斯不单是明媚，在圣马克方场走走就知道。这个方场南面临着一道运河；场中偏东南便是那可以望远的钟楼。威尼斯最热闹的地方是这儿，最华妙庄严的地方也是这儿。除了西边，围着的都是三百年以上的建筑，东边居中是圣马克堂，却有了八九百年——钟楼便在它的右首。再向右是“新衙门”；教堂左首是“老衙门”。这两溜儿楼房的下一层，现在满开了铺子。铺子前面是长廊，一天到晚是来来去去的人。紧接着教堂，直伸

批注空间

向运河去的是公爷府；这个一半属于小方场，另一半便属于运河了。

圣马克堂是方场的主人，建筑在十一世纪，原是卑赞廷式，以直线为主。十四世纪加上戈昔式的装饰，如尖拱门等；十七世纪又参入文艺复兴期的装饰，如阑干等。所以庄严华妙，兼而有之；这正是威尼斯人的漂亮劲儿。教堂里屋顶与墙壁上满是碎玻璃嵌成的画，大概是真金色的地，蓝色或红色的圣灵像。这些像做得非常肃穆。教堂的地是用大理石铺的，颜色花样种种不同。在那种空阔阴暗的氛围中，你觉得伟丽，也觉得森严。教堂左右那两溜儿楼房，式样各别，并不对称；钟楼高三百二十二英尺，也偏在一边儿。但这两溜房子都是三层，都有许多拱门，恰与教堂的门面与圆顶相称；又都是白石造成，越衬出教堂的金碧辉煌来。教堂右边是向运河去的路，是一个小方场，本来显得空阔些，钟楼恰好填了这个空子。好像我们戏里大将出场，后面一杆旗子总是偏着取势；这方场中的建筑，节奏其实是和谐不过的。十八世纪意大利卡那来陀（Canaletto）一派画家专画威尼斯的建筑，取材于这方场的很多。德国德莱司敦画院中有几张，真好。

公爷府里有好些名人的壁画和屋顶画，丁陶来陀（Tintoretto，十六世纪）的大画《乐园》最著名；但更重要的是它建筑的价值。运河上有了这所房子，增加了不少颜色。这全然是戈昔式；动工在九世纪初，以后屡次遭火，屡次重修，现在的据说还是原来的式样。最好看的是它的西南两面；西面斜对着圣马克方场,南面正在运河上。在运河里看,真像在画中。它也是三层：下两层是尖拱门，一眼看去，无数的柱子。最下层的拱门简单疏阔，是载重的样子；上一层便繁密得多，为装饰之用；最上层却更简单，一根柱子没有，除了疏疏落落的窗和门之外，都是整块的墙面。墙面上用白的与玫瑰红的大理石砌成素朴的方纹，在日光里鲜明得像少女一般。威尼斯人真不愧着色的能手。这所房子从运河中看，好像在水里。下两层是玲珑的架子，上一层才是屋子；这是很巧的结构，加上那艳而雅的颜色，令人有惝怳迷离之感。府后有太息桥；从前一边是

监狱，一边是法院，狱囚提讯须过这里，所以得名。拜伦诗中曾咏此，因而便脍炙人口起来，其实也只是近世的东西。

威尼斯的夜曲是很著名的。夜曲本是一种抒情的曲子，夜晚在人家窗下随便唱。可是运河里也有：晚上在圣马克方场的河边上，看见河中有红绿的纸球灯，便是唱夜曲的船。雇了“刚朵拉”摇过去，靠着那个船停下，船在水中间，两边挨次排着“刚朵拉”，在微波里荡着，像是两只翅膀。唱曲的有男有女，围着一张桌子坐，轮到了便站起来唱，旁边有音乐和着。曲词自然是意大利语，意大利的语音据说最纯粹，最清朗。听起来似乎的确斩截些，女人的尤其如此——意大利的歌女是出名的。音乐节奏繁密，声情热烈，想来是最流行的“爵士乐”。在微微摇摆的红绿灯球底下，颤着酽酽的歌喉，运河上一片朦胧的夜也似乎透出玫瑰红的样子。唱完几曲之后，船上有人跨过来，后拿着帽子收钱，多少随意。不愿意听了，还可摇到第二处去。这个略略像当年的秦淮河的光景，但秦淮河却热闹得多。

从圣马克方场向西北去，有两个教堂在艺术上是很重要的。一个是圣罗珂堂，旁边有一所屋子，墙上屋顶上满是画；楼上下大小三间屋，共六十二幅画，是丁陶来陀的手笔。屋里暗极，只有早晨看得清楚。丁陶来陀作画时，因地制宜，大部分只粗粗钩勒，利用阴影，教人看了觉得是几经琢磨似的。《十字架》一幅在楼上小屋内，力量最雄厚。佛拉利堂在圣罗珂近旁，有大画家铁沁（Titian，十六世纪）和近代雕刻家卡奴洼（Canova）的纪念碑。卡奴洼的，灵巧，是自己打的样子；铁沁的，宏壮，是十九世纪中叶才完成的。他的《圣处女升天图》挂在神坛后面，那朱红与亮蓝两种颜色鲜明极了，全幅气韵流动，如风行水上。倍里尼（Giovanni Bellini，十五世纪）的《圣母像》，也是他的精品。他们都还有别的画在这个教堂里。

从圣马克方场沿河直向东去，有一处公园；从一八九五年起，每两年在此地开国际艺术展览会一次。今年是第十八届；加入展览的有意，荷，比，西，丹，法，英，奥，苏俄，美，匈，瑞士，波兰十三国，意大利的东西自然最多，种类繁极了；未来派立体派的图画雕刻，都可见到，还有别的许多新奇的作品，说不出路数。颜色大概鲜明，教人眼睛发亮；建筑也是新式，简捷不 嗦，痛快之至。苏俄的作品不多，大概是工农生活的表现，兼有沉毅和高兴的调子。他们也用鲜明的颜色，但显然没有很费心思在艺术上，作风老老实实，并不向牛犄角里寻找新奇的玩意儿。

威尼斯的玻璃器皿，刻花皮件，都是名产，以典丽风华胜，绰丝也不错。大理石小雕像，是著名大品的缩本，出于名手的还有味。

简析

从本篇起，我们将随朱先生在欧洲的一些名城做一次历史文化巡礼，本文是其中的名篇之一。即使是世界知识匮乏的人，对赫赫有名的水城威尼斯也不会陌生。轻盈穿梭于大小河道之间的刚朵拉、美妙幽雅的小夜曲、莎翁多部历史剧的背景，都是这座浪漫古老、气韵天成的城市所独具的特色。让我们在先生的指引下，走进欧洲，走进威尼斯。

柏 林

柏林的街道宽大，干净，伦敦巴黎都赶不上的；又因为不景气，来往的车辆也显得稀些。在这儿走路，尽可以从容自在地呼吸空气，不用张张望望躲躲闪闪。找路也顶容易，因为街道大概是纵横交切，少有“旁逸斜出”的。最大最阔的一条叫菩提树下，柏林大学，国家图书馆，新国家画院，国家歌剧院都在这条街上。东头接着博物院洲，大教堂，故宫；西边到著名的勃朗登堡门为止，长不到二里。过了那座门便是梯尔园，街道还是直伸下去——这一下可长了，三十七八里。勃朗登堡门和巴黎凯旋门一样，也是纪功的。建筑在十八世纪末年，有点仿雅典奈昔克里司门的式样。高六十六英尺，宽六十八码半；两边各有六根多力克式石柱子。顶上是站在驷马车里的胜利神像，雄伟庄严，表现出德意志国都的神采。那神像在一八零七年被拿破仑当作胜利品带走，但七年后便又让德国的队伍带回来了。

从菩提树下西去，一出这座门，立刻神气清爽，眼前别有天地；那空阔，那望不到头的绿树，便是梯尔园。这是柏林最大的公园，东西六里，南北约二里。地势天然生得好，加上树种得非常巧妙，小湖小溪，或隐或显，也安排的是地方。大道像轮子的辐，凑向轴心去。道旁齐齐地排着葱郁的高树；树下有时候排着些白石雕像，在深绿的背景上越显得洁白。小道像树叶上的脉络，不知有多少。跟着道走，总有好地方，不孤负你。园子里花坛也不少。罗森花坛是出名的一个，玫瑰最好。一座天然的围墙，圆圆地绕着，上面密密地厚厚地长着绿的小圆叶子；墙顶参差不齐。坛中有两个小方池，满飘着雪白的水莲花，玲珑地托在叶子上，像惺忪的星眼。两池之间是一个皇后的雕像；四围的花香花色好像她的供养。梯尔园人工胜于天然。真正的天然却又是一番境界。曾走过市外“新西区”的一座林子。稀疏的树，高而瘦的干子，树下随意弯曲的路，简直教人想到倪云林的画本。看着没有多大，但走了两点钟，却还没走完。

柏林市内市外常看见运动员风的男人女人。女人大概都光着脚亮着胳膊，雄赳赳地走着，可是并不和男人一样。她们不像巴黎女人的苗条，也不像伦敦女人的拘谨，却是自然得好。有人说她们太粗，可是有股劲儿。司勃来河横贯柏林市，河上有不少划船的人。往往一男一女对坐着，男的只穿着游泳衣，也许赤着膊只穿短裤子。看的人绝不奇怪而且有喝彩的。曾亲见一个女大学生指着这样划着船的人说，“美啊！”赞美身体，赞美运动，已成了他们的道德。星期六星期日上水边野外看去，男男女女老老少少谁都带一点运动员风。再进一步，便是所谓“自然运动”。大家索性不要那捞什子衣服，那才真是自然生活了。这有一定地方，当然不会随处见着。但书籍杂志是容易买到的。也有这种电影。那些人运动的姿势很好看，很柔软，有点儿像太极拳。在长天大海的背景上来这一套，确是美的，和谐的。日前报上说德国当局要取缔他们，看来未免有些个多事。

柏林重要的博物院集中在司勃来河中一个小洲上。这就叫做博物院洲。虽然叫做洲，因为周围陆地太多，河道几乎挤得没有了，加上十六道桥，走上去毫不觉得身在洲中。洲上总共七个博物院，六个是通连着的。最奇伟的是勃嘉蒙（Pergamon）与近东古迹两个。勃嘉蒙在小亚细亚，是希腊的重要城市，就是现在的贝加玛。柏林博物院团在那儿发掘，掘出一座大享殿，是祭大神宙斯用的。这座殿是二千二百年前造的，规模宏壮，雕刻精美。掘出的时候已经残破；经学者苦心研究，知道原来是什么样子，便照着修补起来，安放在一间特建的大屋子里。屋子之大，让人要怎么看这座殿都成。屋顶满是玻璃，让光从上面来，最均匀不过；墙是淡蓝色，衬出这座白石的殿越

批注空间

发有神儿。殿是方锁形，周围都是爱翁匿克式石柱，像是个廊子。当锁口的地方，是若干层的台阶儿。两头也有几层，上面各有殿基；殿基上，柱子下，便是那著名的“壁雕”。壁雕（Frieze）是希腊建筑里特别的装饰；在狭长的石条子上半深浅地雕刻着些故事，嵌在墙壁中间。这种壁雕颇有名作。如现存在不列颠博物院里的雅典巴昔农神殿的壁雕便是。这里的是一百三十二码长，有一部分已经移到殿对面的墙上去。所刻的故事是奥灵匹亚诸神与地之诸子巨人们的战争。其中人物精力饱满，历劫如生。另一间大屋里安放着罗马建筑的残迹。一是大三座门，上下两层，上层全为装饰用。两层各用六对哥林斯式的石柱，与门相间着，隔出略带曲折的廊子。上层三座门是实的，里面各安着一尊雕像，全体整齐秀美之至。一是小神殿。两样都在第二世纪的时候。

近东古迹院里的东西是十九世纪末二十世纪初年德国东方学会在巴比仑和亚述发掘出来的。中间巴比仑的以色他门（Ischtar Gateway）最为壮丽。门建筑在二千五百年前奈补卡德乃沙王第二的手里。门圈儿高三十九英尺，城垛儿四十九英尺，全用蓝色珐琅砖砌成。墙上浮雕着一对对的龙（与中国所谓龙不同）和牛，黄的白的相间着；上下两端和边上也是这两色的花纹。龙是巴比仑城隍马得的圣物，牛是大神亚达的圣物。这些动物的像稀疏地排列着，一面墙上只有两行，犄角上只有一行；形状也单纯划一。色彩在那蓝的地子上，却非常之鲜明。看上去真像大幅缂丝的图案似的。还有巴比仑王宫里正殿的面墙，是与以色他门同时做的，颜色鲜丽也一样，只不过以植物图案为主罢了。马得祭道两旁曲折的墙基也用蓝珐琅砖；上面却雕着向前走的狮子。这个祭道直通以色他门，现在也修补好了一小段，仍旧安在以色他门前面。另有一件模型，是整个儿的巴比仑城。这也可以慰情聊胜无了。亚述巴先宫的面墙放在以色他门的对面，当然也是修补起来的：周围正正的拱门，一层层又细又密的柱子，在许多直线里透出秀气。

新博物院第一层中央是一座厅。两道宽阔而华丽的楼梯仿佛占住了那间大屋子，但那间屋子还是照样地觉得大不可言。

屋里什么都高大；迎着楼梯两座复制的大雕像，两边墙上大幅的历史壁画，一进门就让人觉着万千的气象。德意志人的魄力，真有他们的。楼上本是雕版陈列室，今年改作哥德展览会。有哥德和他朋友们的像，他的画，他的书的插图等等。《浮士德》的插图最多，同一件事各人画来趣味各别。楼下是埃及古物陈列室，大大小小的“木乃伊”都有；小孩的也有。有些在头部放着一块板，板上画着死者的面相；这是用熔蜡画的，画法已失传。这似乎是古人一件聪明的安排，让千秋万岁后，还能辨认他们的面影。另有人种学博物院在别一条街上，分两院。所藏既丰富，又多罕见的。第一院吐鲁番的壁画最多。那些完好的真是妙庄严相；那些零碎的也古色古香。中国日本的东西不少，陈列得有系统极了，中日人自己动手，怕也不过如此。第二院藏的日本的漆器与画很好。史前的材料都收在这院里。有三间屋专陈列一八七一到一八九零希利曼（Heinrich Schlieman）发掘特罗衣（Troy）城所得的遗物。

故宫在博物院洲之北，一九二一年改为博物院，分历史的工艺的两部分。历史的部分都是王族用过的公私屋子。这些屋子每间一个样子；屋顶，墙壁，地板，颜色，陈设，各有各的格调。但辉煌精致，是异曲同工的。有一间屋顶作穹隆形状，蓝地金星，俨然夜天的光景。又一间张着一大块伞形的绸子，像在遮着太阳。又一间用了“古络钱”纹做全室的装饰。壁上或画画，或挂画。地板用细木头嵌成种种花样，光滑无比。外国的宫殿外观常不如中国的宏丽，但里边装饰的精美，我们却断乎不及，故宫西头是皇储旧邸。一九一九年因为国家画院的画拥挤不堪，便将近代的作品挪到这儿，陈列在前边的屋子里。大部分是印象派表现派，也有立体派。表现派是德国自己的画派。原始的精神，狂热的色调，粗野模糊的构图，你像在大野里大风里大火里。有一件立体派的雕刻，是三个人像。虽然多是些三角形，直线，可是一个有一个的神气，彼此还互相照应，像真会说话一般。表现派的精神现在还多多少少存在：柏林魏坦公司六月间有所谓“民众艺术展览会”，出售小件用具和玩物。玩物里如小动物孩子头之类，颇有些奇形怪状，别具风趣的。

还有展览场六月间的展览里，有一部是剪贴画。用颜色纸或布拼凑成形，安排在一块地子上，一面加上些沙子等，教人有实体之感，一面却故意改变形体的比例与线条的曲直，力避写实的手法。有些现代人大约“是”要看了这种手艺才痛快的。

这一回展览里有好些小家屋的模型，有大有小。大概造起来省钱；屋子里空气，光，太阳都够现代人用。没有那些无用的装饰，只看见横竖的直线。用颜色，或用对照的颜色，教人看一所屋子是“整个儿”，不零碎，不琐屑。小家屋如此，“大厦”也如此。德国的建筑与荷兰不同。他们注重实用，以简单为美，有时候未免太朴素些。近年来柏林这种新房子造得不少。这已不是少数艺术家的试验而是一般人的需要了。“新西区”一带便都是的。那一带住屋小而巧，里面的装饰干净利落，不显一点板滞。“大厦”多在东头亚历山大场，似乎美观的少。有些满用横线，像夹沙糕，有些满用直线；这自然说的是窗子。用直线的据说是美国影响。但美国房屋高入云霄，用直线合式；柏林的低多了，又向横里伸张，用直线便大大地不谐和了。“大厦”之外还有“广场”，刚才说的展览场便是其一。这个广场有八座大展览厅，连附属的屋子共占地十八万二千平方英尺；空场子合计起来共占地六十五万平方英尺；乍走进去的时候，摸不着头脑，仿佛连自己也会丢掉似的。建筑都是新式。整个的场子若在空中看，是一幅图案轻灵而不板重。德意志体育场，中央飞机场，也都是这一类新造的广场。前两个在西，后一个在南，自然都在市外。此外电影院跳舞场往往得风气之先，也有些新式样。如铁他尼亚宫电影院，那台，那灯，那花楼，不是用圆，用弧线，便是用与弧线相近的曲线，要的也是一个干净利落罢了。台上一圈儿一圈儿有些像排箫的是管风琴。管风琴安排起来最累赘，这儿的布置却新鲜悦目，也许电影管风琴简单些，才可以这么办。颜色用白银与淡黄对照，教人常常清醒。祖国舞场也是新式，但多用直线形；颜色似乎多一种黑。这里面有许多咖啡室。日本室便按日本式陈设，土耳其室便按土耳其式。还有莱茵室，在壁上画着莱茵河的风景，用好些小电灯点缀在天蓝的背景上，看去略得河上的夜的意思——自然，屋里别处是不用灯的。还有雷电室，壁上画着雷电的情景，用电光运转；电射雷鸣，与音乐应和着。爱热闹的人都上那儿去。

柏林西南有个波次丹（Potsdam），是佛来德列大帝的城。城外有个无愁园，园里有个无愁宫，便是大帝常住的地方。大帝迷法国，这座宫，这座园子都仿凡尔赛的样子。但规模小多了，神儿差远了。大帝和伏尔泰是好朋友，他请伏尔泰在宫里住过好些日子，那间屋便在宫西头。宫西边有一架大风车。据说大帝不喜欢那风车日夜转动的声音，派人跟那产主说要买它。出乎意外，产主愣不肯。大帝恼了，又派人去说，不卖便要拆。产主也恼了，说，他会拆，我会告他。大帝想不到乡下人这么倔强，大加赏识，那风车只好由它响了。因此现在便叫它做“历史的风车”。隔无愁宫没多少路，有一座新宫，里面有一间“贝厅”，墙上地上满嵌着美丽的贝壳和宝石，虽然奇诡，却以素雅胜。

简析

柏林是座美丽的城市，到处耸立着古典建筑和现代建筑群，古今建筑艺术相得益彰，体现了德意志建筑艺术的特色。雄伟洁白的勃兰登堡大门，见证了历史的兴衰荣辱；静静矗立的柏林墙，记载着战争留下的伤痕。历史的沧桑，时代的动荡，太多微妙的感觉却恰好成就了今天的柏林。经战火蹂躏后重新修复的建筑依然富丽堂皇、雄伟宏大。背负着几百年历史的沉淀，但她依然魅力不减，加上一层历史的沧桑感，显得更加厚重和美丽。

批注空间

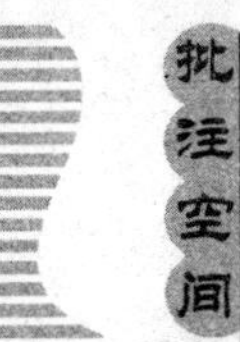

德瑞司登

德瑞司登（Dresden）在柏林东南，是静静的一座都市。欧洲人说这里有一种礼拜日的味道，因为他们的礼拜日是安息的日子，静不过。这里只有一条热闹的大街；在街上走尽可从从容容，斯斯文文的。街尽处便是易北河。河穿全市而过，弯了两回，所以望不尽。河上有五座桥，彼此隔得远远的，显出玲珑的样子。临河一带高地，叫做勃吕儿原。站在原上，易北河的风光便都到了眼里。这是一个阴天，不时地下着小雨；望过去清淡极了，水与天亮闪闪的，山只剩一些轮廓，人家的屋子和田地都黑黑儿的。有人称这个原为“欧洲的露台”，未免太过些，但是确也有些可赏玩的东西。从前有位著名的文人在这儿写信给他的未婚夫人，说他正从高岸上望下看，河上一处处的绿野与村落好像“绣在一张毯子上；”“河水刚掉转脸亲了德瑞司登一下,马上又溜开去。”这儿说的是第一个弯子。他还说“绕着的山好像花箍子，响蓝的天好像在意大利似的。”在晴天这大约是真的。

德瑞司登有德国佛罗伦司之称，为的一些建筑和收藏的画。这些建筑多半在勃吕儿原西南一带。其中堡宫最有意思。堡宫因为邻近旧时的堡垒而得名，是十八世纪初年奥古斯都大力王（Augustus the Strong）吩咐他的建筑师裴佩莽（Pöpelmann）盖的。奥古斯都膂力过人，据说能拗断马蹄铁，又在西班牙斗牛，刺死了一头最凶猛的；所以称为大力王。他是这座都市的恩主；凡是好东西，美东西，都是他留下来的。他造这个堡宫，一来为面子，那时候一个亲王总得有一所讲究的宫房，才有威风，不让人小看。二来为展览美术货色如瓷器，花边等之用。他想在过年过节的时候，多招徕些外路客人，好让他的百姓多做些买卖，以繁荣这个地方。他生在“巴洛克”(Baroque)时代，虽然倾心法国文化，所造的房子却都是德国“巴洛克”式。“巴洛克”式重曲线，重装饰，以华丽炫目为佳。堡宫便是代表。宫中央是极大一个方院子。南面是正门，顶作冕形，叫冕门；分两层，像楼屋；雕刻精细，用许多小柱子。两边各有好些拱门，每门里安一座喷水，上面各放着雕像。现在虽是黯淡了，还可想见当年的繁华。西面有水仙出浴池。十四座龛子拥着一座大喷水，像一只马蹄，绕着小小的池子；每座龛子里站着一个女仙出浴的石像，姿态各不相同。龛外龛上另有繁细的雕饰。这是宫里最美的地方。

堡宫现在分作几个博物院，尽北头是国家画院。德国藏画，要算这里最精了。也创始于奥古斯都，而他的儿子继成其志。奥古斯都自己花钱派了好多人到欧洲各处搜求有价值的画。到他死的时候，院中已有好些不朽的名作。他儿子奥古斯都第二在位三十年，教大臣勃吕儿伯爵主持收买名画。一七四五年在威尼斯买着百多张意大利重要的作品，为阿尔卑斯山以北所未曾有。一七五四年又从意大利得着拉飞尔的歇司陀的《圣母图》。这是他的杰作。图中间是“圣处女”与“圣婴”左右是圣巴巴拉与教皇歇克司都第二，下面是两个小天使。有人说“这张画里‘圣处女’的脸，美而秀雅，几乎是女性美的最完全的表现，真动人，真出色。”最妙的，端庄与和蔼都够味，一个与耶稣教毫不相干的游客也会起多少敬爱的意思。图中各人的眼光奇极；从“圣处女”而圣巴巴拉而小天使而教皇，恰好可以钩一个椭圆圈儿。这样一来，那对称的安排才有活气。画院驰名世界，全靠勃吕儿伯爵手里买的这些画。现在院中差不多有画二千五百件，以意大利及荷兰的为最多。画排列得比那儿都整齐清楚，见出德国人的脾气。十八世纪意大利画家卡那来陀在这里住过，留下不少腐刻画，画着堡宫和街巷的景色。还有他的威尼斯风景画，这儿也多，色调构图，鲜明精巧，为别处

批注空间

收藏的所不及。

大街东有圣母堂，也是著名的古迹。一七三六年十二月奥古斯都第二在这里举行过一回管风琴比赛会。与赛的，大音乐家巴赫（Bach）和一个法国人叫马降的。那时巴赫还未大大出名，马降心高气傲，自以为能手。比赛的前一天，巴赫从来比锡来，看见管风琴好，不觉技痒，就坐下弹了一回。想不到马降在一旁窃听。这一听可够他受的。等不到第二天，他半夜里便溜出德瑞司登了。结果巴赫在奥古斯都第二和四千听众之前演了出独脚戏。一八四三年乐圣瓦格纳也在这里演奏过他的名曲《使徒宴》。哥德也站在这里的讲台上说过话，他赞美易北河上的景致，就是在他眼前的。这在一八一三年八月。教堂上有一座高塔顶，远远的就瞧见。相传一七六九年弗雷德力大帝攻打此地，想着这高顶上必有敌人的　望台，下令开炮轰。也不知怎样，轰了三天还没轰着。大帝又恨又恼，透着满瞧不起的神儿回头命令炮手道："由那老笨家伙去罢！"

德瑞司登瓷器最著名。大街上有好几家瓷器铺。看来看去，只有舞女的裙子做得实在好。裙子都是白色雕空了像纱一样，各色各样的折纹都有，自然不能像真的那样流动，但也难为他们了。中国瓷器没有如此精巧的，但有些东西却比较着有韵味。

简析

德瑞司登（德雷斯顿）依傍在美丽的易北河畔，被德国人认为是"德国最美丽的城市"，漫步易北河畔，映入眼帘的都是些辉煌壮美的宫廷建筑，这些都是德国巴洛克风格的建筑和十六世纪新文艺复兴式的建筑，记载着这里历史上的辉煌时代。黄昏，大教堂的晚钟响起，那庄严的洪音仿佛从历史长廊的深处一直回荡到现代。暮色淡红的余晖投落在教堂历尽千年沧桑的浮雕上，把圣徒深邃的轮廓深深地刻在背后无极的一片橘红、神圣、神秘上。

莱茵河

莱茵河（The Rhine）发源于瑞士阿尔卑斯山中，穿过德国东部，流入北海，长约二千五百里。分上中下三部分。从马恩斯（Mayence，Mains）到哥龙（Cologne）算是“中莱茵”；游莱茵河的都走这一段儿。天然风景并不异乎寻常地好；古迹可异乎寻常地多。尤其是马恩斯与考勃伦兹（Koblenz）之间，两岸山上布满了旧时的堡垒，高高下下的，错错落落的，斑斑驳驳的：有些已经残破，有些还完好无恙。这中间住过英雄，住过盗贼，或据险自豪，或纵横驰骤，也曾热闹过一番。现在却无精打采，任凭日晒风吹，一声儿不响。坐在轮船上两边看，那些古色古香各种各样的堡垒历历的从眼前过去；仿佛自己已经跳出了这个时代而在那些堡垒里过着无拘无束的日子。游这一段儿，火车却不如轮船：朝日不如残阳，晴天不如阴天，阴天不如月夜——月夜，再加上几点儿萤火，一闪一闪的在寻觅荒草里的幽灵似的。最好还得爬上山去，在堡垒内外徘徊徘徊。

这一带不但史迹多，传说也多。最凄艳的自然是脍炙人口的声闻岩头的仙女了。声闻岩在河东岸，高四百三十英尺，一大片暗淡的悬岩，嶙嶙峋峋的；河到岩南，向东拐个小湾，这里有顶大的回声，岩因此得名。相传往日岩头有个仙女美极，终日歌唱不绝。一个船夫傍晚行船，走过岩下。听见她的歌声，仰头一看，不觉忘其所以，连船带人都撞碎在岩上。后来又死了一位伯爵的儿子。这可闯下大祸来了。伯爵派兵遣将，给儿子报仇。他们打算捉住她，锁起来，从岩顶直摔下河里去。但

是她不愿死在他们手里，她呼唤莱茵母亲来接她；河里果然白浪翻腾，她便跳到浪里。从此声闻岩下听不见歌声，看不见倩影，只剩晚霞在岩头明灭。德国大诗人海涅有诗咏此事；此事传播之广，这篇诗也有关系的。友人淦克超先生曾译第一章云：

传闻旧低徊，我心何悒悒。
两峰隐夕阳，莱茵流不息。
峰际一美人，灿然金发明，
清歌时一曲，余音响入云。
凝听复凝望，舟子忘所向，
怪石耿中流，人与舟俱丧。

这座岩现在是已穿了隧道通火车了。

哥龙在莱茵河西岸，是莱茵区最大的城，在全德国数第三。从甲板上看教堂的钟楼与尖塔这儿那儿都是的。虽然多么繁华一座商业城，却不大有俗尘扑到脸上。英国诗人柯勒列治说：

人知莱茵河，洗净哥龙市；
水仙你告我，今有何神力，
洗净莱茵水？

那些楼与塔镇压着尘土，不让飞扬起来，与莱茵河的洗刷是异曲同工的。哥龙的大教堂是哥龙的荣耀；单凭这个，哥龙便不死了。这是戈昔式，是世界上最宏大的戈昔式教堂之一。建筑在一二四八年，到一八八零年才全部落成。欧洲教堂往往如此，大约总是钱不够之故。教堂门墙伟丽，尖拱和直棱，特意繁密，又雕了些小花，小动物，和《圣经》人物，零星点缀着；近前细看，其精工真令人惊叹。门墙上两尖塔，高五百十五英尺，直入云霄。戈昔式要的是高而灵巧，让灵魂容易上通于天。这也是月光里看好。淡蓝的天干干净净的，只有两条尖尖的影子映在上面；像是人天仅有的通路，又像是人类祈祷的一双胳膊。森严肃穆，不说一字，抵得千言万语。教堂里非常宽大，顶高一百六十英尺。大石柱一行行的，高的一百四十八英尺，低的也六十英尺，都可合抱；在里面走，就像在大森林里，和世界隔绝。尖塔可以上去，玲珑剔透，有凌云之势。塔下通回廊。廊中向下看教堂里，觉得别人小得可怜，自己高得可怪，真是颠倒梦想。

简析

悠远宁静的莱茵河，与塞纳河、多瑙河相比，是如此脱俗，如此灵秀，浪漫的古堡、蓊郁的森林、悠闲的小镇、巨型的雕塑，落日的光辉照耀下的莱茵河就是一幅精美的油画。这种美丽在温柔中透着刚劲，浪漫不动声色，令人充满遐想。莱茵河被德国人称为“父亲河”，也是推动德国文明的生命之河，掠过几个世纪的烽烟，经历和平与战争的洗礼，空气里弥漫着静谧古典，古老的莱茵河，不禁让人思绪万千。

论严肃

新文学运动的开始，斗争的对象主要的是古文，其次是礼拜六派或鸳鸯蝴蝶派的小说，又其次是旧戏，还有文明戏。他们说古文是死了。旧戏陈腐，简单，幼稚，嘈杂，不真切，武场更只是杂耍，不是戏。而鸳鸯蝴蝶派的小说意在供人们茶余酒后消遣，不严肃，文明戏更是不顾一切的专迎合人们的低级趣味。白话总算打倒了古文，虽然还有些肃清的工作；话剧打倒了文明戏，可是旧戏还直挺挺的站着，新歌剧还在难产之中。鸳鸯蝴蝶派似乎也打倒了，但是又有所谓“新鸳鸯蝴蝶派”。这严肃与消遣的问题够复杂的，这里想特别提出来讨论。

照传统的看法，文章本是技艺，本是小道，宋儒甚至于说“作文害道”。新文学运动接受了西洋的影响，除了解放文体以白话代古文之外，所争取的就是这文学的意念，也就是文学的地位。他们要打倒那“道”，让文学独立起来。所以对“文以载道”说加以无情的攻击。这“载道”说虽然比“害道”说温和些，可是文还是道的附庸。照这一说，那些不载道的文就是“玩物丧志”。玩物丧志是消遣，载道是严肃。消遣的文是技艺。没有地位；载道的文有地位了，但是那地位是道的，不是文的——若单就文而论，它还只是技艺，只是小道。新文学运动所争的是，文学就是文学，不干道的事，它是艺术，不是技艺，它有独立存在的理由。

在中国文学的传统里，小说和词曲（包括戏曲）更是小道中的小道，就因为是消遣的，不严肃。不严肃也就是不正经；

小说通常称为“闲书”，不是正经书。词为“诗馀”，曲又是“词馀”；称为“馀”当然也不是正经的了。鸳鸯蝴蝶派的小说意在供人们茶余酒后消遣，倒是中国小说的正宗。中国小说一向以“志怪”、“传奇”为主。“怪”和“奇”都不是正经的东西。明朝人编的小说总集有所谓“三言二拍”。“二拍”是初刻和二刻的《拍案惊奇》，重在“奇”得显然。“三言”是《喻世明言》、《警世通言》、《醒世恒言》，虽然重在“劝俗”，但是还是先得使人们“惊奇”，才能收到“劝俗”的效果，所以后来有人从“三言二拍”里选出若干篇另编一集，就题为《今古奇观》，还是归到“奇”上。这个“奇”正是供人们茶余酒后消遣的。

明清的小说渊源于宋朝的“说话”，“说话”出于民间。词曲（包括戏曲）原也出于民间。民间文学是被压迫的人民苦中作乐，忙里偷闲的表现，所以常常扮演丑角，嘲笑自己或夸张自己，因此多带着滑稽和诞妄的气氛，这就不正经了。在中国文学传统自己的范围里，只有诗文（包括赋）算是正经的，严肃的，虽然放在道统里还只算是小道。词经过了高度的文人化，特别是清朝常州派的努力，总算带上一些正经面孔了，小说和曲（包括戏曲）直到新文学运动的前夜，却还是丑角打扮，站在不要紧的地位。固然，小说早就有劝善惩恶的话头，明朝人所谓“喻世”等等，更特别加以强调。这也是在想“载道”，然而“奇”胜于“正”，到底不成。明朝公安派又将《水浒》比《史记》，这是从文章的“奇变”上看；可是文章在道统里本不算什么，“奇变”怎么能扯得上“正经”呢？然而看法到底有些改变了。到了清朝末年，梁启超先生指出了“小说与群治之关系”，并提倡实践他的理论的创作。这更是跟新文学运动一脉相承了。

新文学运动以斗争的姿态出现，它必然是严肃的。他们要给白话文争取正宗的地位，要给文学争取独立的地位。而鲁迅先生的第一篇小说《狂人日记》里喊出了“吃人的礼教”和“救救孩子”，开始了反封建的工作。他的《随感灵》又强烈的讽刺着老中国的种种病根子。一方面人道主义也在文学里普遍的表现着。文学担负起新的使命；配合了五四运动，它更跳上了领导的地位，虽然不是唯一的领导的地位。于是文学有了独立存

在的理由，也有了新的意念。在这情形下，词曲升格为诗，小说和戏曲也升格为文学。这自然接受了“外国的影响”，然而这也未尝不是“载道”；不过载的是新的道，并且与这个新的道合为一体，不分主从。所以从传统方面看来，也还算是一脉相承的。一方面攻击“文以载道”，一方面自己也在载另一种道，这正是相反相成，所谓矛盾的发展。

创造社的浪漫的感伤的作风，在反封建的工作之下要求自我的解放，也是自然的趋势。他们强调“动的精神”，强调“灵肉冲突”，是依然在严肃的正视着人生的。然而礼教渐渐垮了，自我在第一次世界大战带给中国的暂时的繁荣里越来越大了，于是乎知识分子讲究生活的趣味，讲究个人的好恶，讲究身边琐事，文坛上就出现了“言志派”，其实是玩世派。更进一步讲究幽默，为幽默而幽默，无意义的幽默。幽默代替了严肃，文坛上一片空虚。一方面色情的作品也抬起了头，凭着“解放”的名字跨过了“健康”的边界，自然也跨过了“严肃”的边界。然而这空虚只是暂时的，正如那繁荣是暂时的。五卅事件掀起了反帝国主义的大潮，时代又沉重起来了。

接着是国民革命，接着是左右折磨；时代需要斗争，闲情逸致只好偷偷摸摸的。这时候鲁迅先生介绍了“一面是严肃与工作，一面是荒淫与无耻”这句话。这是时代的声音。可是这严肃是更其严肃了；单是态度的严肃，艺术的严肃不成，得配合工作，现实的工作。似乎就在这当儿有了“新鸳鸯蝴蝶派”的名目，指的是那些尽在那儿玩味自我的作家。他们自己并不觉得在消遣自己，跟旧鸳鸯蝴蝶派不同。更不同的是时代，是时代缩短了那“严肃”的尺度。这尺度还在争议之中，劈头来了抗战；一切是抗战，抗战自然是极度严肃的。可是八年的抗战太沉重了，这中间不免要松一口气，这一松，尺度就放宽了些；文学带着消消遣，似乎也是应该的。

胜利突然而来，时代却越见沉重了。“人民性”的强调，重行紧缩了“严肃”那尺度。这“人民性”也是一种道。到了现在，要文学来载这种道，倒也是“势有必至，理有固然”。不过太紧缩了那尺度，恐怕会犯了宋儒“作文害道”说的错误，目下黄色和粉色刊物的风起云涌，固然是动乱时代的颓废趋势，但是正经作品若是一味讲究正经，只顾人民性，不管艺术性，死板板的长面孔教人亲近不得，读者们恐怕更会躲向那些刊物里去。这是运用“严肃”的尺度的时候值得平心静气算计算计的。

《中国作家》，1947年

批注空间

简 析

文学是心灵的宣泄台，是敞开胸怀笑谈天下事，放眼内外，看尽世界景的载体。然而自古以来，对于文学一直是“不识庐山真面目，只缘身在此山中”，我们从未真正地走近它。回首漫漫文学路，它被严肃的“道”遮得太重、太苦，那厚厚的面纱挡住了文学的本性。凡事走极端似是国人的天性，如今的文学离弃道德，阿世媚俗，将那纯净的心灵之地涂抹得不成样子。何时我们的文学才是心灵畅游的胜地？

论通读

最近魏建功先生举行了一回“中国语文诵读方法座谈会”，参加的有三十人左右，座谈了三小时，大家发表的意见很多。我因为去诊病，到场的时候只听到一些尾声。但是就从这短短的尾声，也获得不少的启示。昨天又在北平《时报》上读到李长之先生的《致魏建功先生书》，觉得很有兴味。自己在接到开会通知的时候也曾写过一篇短文，说明诵读教学可以促进“文学的国语”的成长，现在还有些补充的意见，写在这里。

抗战以来大家提倡朗诵，特别提倡朗诵诗。这种诗歌朗诵战前就有人提倡。那时似乎是注重诗歌的音节的试验；要试验白话诗是否也有音乐性，是否也可以悦耳，要试验白话诗用那一种音节更听得入耳些。这种朗诵运动为的要给白话诗建立起新的格调，证明它的确可以替代旧诗。战后的诗歌朗诵运动比战前扩大得多，目的也扩大得多。这时期注重的是诗歌的宣传作用，教育作用，也许尤其是团结作用，这是带有政治性的。而这种朗诵，边诵边表情，边动作，又是带有戏剧性的。这实在是将诗歌戏剧化。戏剧化了的诗歌总增加了些什么，不全是诗歌的本来面目。而许多诗歌不适于戏剧化，也就不适于这种朗诵。所以有人特别写作朗诵诗。战前战后的朗诵运动当然也包括小说散文和戏剧，但是特别注重诗；因为是精炼的语言，弹性大，朗诵也最难。

朗诵的发展可以帮助白话诗人的教学，也可以帮助白话诗文的上口，促进“文学的国语”成长。但是两个时期的朗诵运

批注空间

动，都并不以语文教学为目标；语文教学实际上也还没有受到很大的影响。现在魏建功先生，还有黎锦熙先生，都在提倡诵读教学，提倡向这一方面的自觉的努力，这是很好的。这不但与朗诵运动并行不悖,而且会相得益彰。黎先生提倡的诵读教学，据报上他的谈话，似乎注重白话，魏先生的座谈，却包括文言。这种诵读教学自然是以文为主，不以诗为主；因为教材是文多，习作也是文多,应用还是文多。这就和朗诵运动的出发点不一样。

诵读是一种教学过程，目的在培养学生的了解和写作的能力。教学的时候先由教师范读，后由学生跟着读，再由学生自己练习着读，有时还得背诵。除背诵外却都可以看着书。诵读只是诵读，看着书自己读，看着书听人家读，只要做过预习的工夫，当场读得又得法，就可以了解的，用不着再有面部表情和肢体动作。这和战前的朗诵差不多，只是朗诵时听众看不到原作;和战后的朗诵却就差得多。朗诵是艺术,听众在欣赏艺术。诵读是教学，读者和听者在练习技能。这两件事目的原不一样。但是朗诵和诵读都是既非吟，也非唱，都只是说话的调子，这可是一致的。

吟和唱都将文章音乐化，而朗诵和诵读却注重意义，音乐化可以将意义埋起来，或使意义滑过去。战前的朗诵固然可以说是在发现白话诗的音乐性，但是有音乐性不就是音乐化。例如一首律诗，平仄的安排是音乐性，吟起来才是音乐化，读下去就不是的。现在我们注重意义,所以不要音乐化,不要吟和唱。我在别处说过“读”该照宣读文件那样,但是这句话还未甚显明。李长之先生说的才最干脆，他说“所谓诵读一事，也便只有用话的语调（平常说话的语调）去读的一途了”。宣读文件其实就用的是说话的语调。

诵读虽然该用说话的调子，可究竟不是说话。诵读赶不上说话的流畅，多少要比说话做作一些。诵读第一要口齿清楚，吐字分明。唱曲子讲究咬字,诵读也得字字清朗;尽管抑扬顿挫，清朗总得清朗的。李长之先生注重词汇的读出，也就是这个意思。座谈会里潘家洵先生指出私塾儿童读书固然有两字一顿的，却也有一字一顿的；如“孟—子—见—梁—惠—王”之类的读

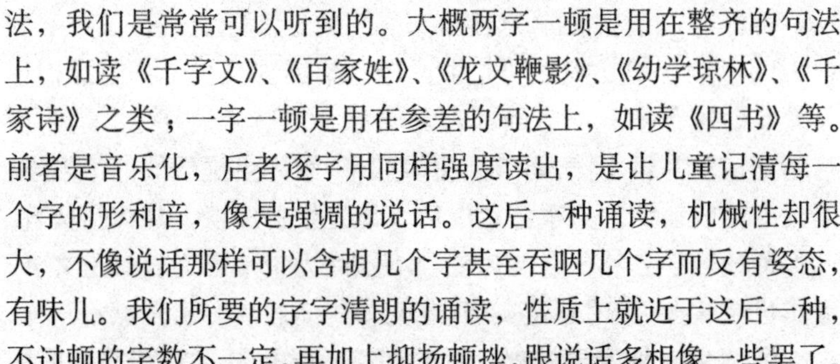

法，我们是常常可以听到的。大概两字一顿是用在整齐的句法上，如读《千字文》、《百家姓》、《龙文鞭影》、《幼学琼林》、《千家诗》之类；一字一顿是用在参差的句法上，如读《四书》等。前者是音乐化，后者逐字用同样强度读出，是让儿童记清每一个字的形和音，像是强调的说话。这后一种诵读，机械性却很大，不像说话那样可以含胡几个字甚至吞咽几个字而反有姿态，有味儿。我们所要的字字清朗的诵读，性质上就近于这后一种，不过顿的字数不一定，再加上抑扬顿挫，跟说话多相像一些罢了。

用说话的调子诵读白话文，自然该最像说话，虽然因为言文总有些分别，不能等于说话。但是现在的白话文是欧化了的，诵读起来也还不能很像说话。相信诵读教学切实施行若干时后，诵读可以帮助变化说话的调子；那时白话文的诵读虽然还是不能等于说话，总该差不离儿了。诵读白话诗，现在是更不像说话；因为诗是精炼的说话，跟随心信口的说话本差着些程度，加上欧化，自然要差得更多。用说话的调子读文言，不论是诗是文，是骈是散，自然还要差得多；但是比吟或唱总近于说话些。从前学习文言乃至欣赏文言，好像非得能吟会唱不可。我想吟唱固然有益，但是诵读也许帮助更大。大概诗词曲和骈文，音乐性本来大些，音乐化的去吟唱可以获得音乐方面的受用，但是在了解和欣赏意义上，吟唱是不如诵读的。至于所谓古文，本来基于平常说话的调子，虽然因为究竟不是口头的语言，不妨音乐化的去吟唱，然而受用似乎并不大；倒是诵读能见出这种古文的本色。所以就是文言，也还该以说话调的诵读为主。但是诵读总得多读熟读，才有效用；“曲不离口”，诵读也是一样道理。

诵读口语体的白话文（这种也可以称为白话），还有诵读小说里的一些对话和话剧，应该就像说话一样，虽然也还未必等于说话。说是未必等于说话，因为说话有声调，又多少总带着一些面部表情和肢体动作，写出来的说话虽然包含着这些，却不分明。诵读这种写出来的说话，得从意义里去揣摩，得从字里行间去揣摩。而写的人虽然想着包含那些，却也未必能包罗一切；揣摩的人也未必真能尽致。这就未必相等了。所以认真的演出话剧，得有戏谱，详细注明声调等等。李长之先生提到的赵元任先生的《最后五分钟》就是这种戏谱。有了这种戏谱，还得再加揣摩。但是舞台上的台词也还是不等于平常的说话。因为台词不但是戏中人在对话，并且是给观众听的对话，固然得流畅，同时也得清朗。所以演戏需要专业的训练，比诵读难。

写的白话不等于说话，写的白话文更不等于说话。写和说到底是两回事。文言时代诵读帮助写的学习，却不大能够帮助说的学习；反过来说话也不大能够帮助写的学习。这时候有些教育程度很高的人会写却说不好，或者会说却写不好，原不足怪。可是，现下白话时代，诵读不但可以帮助写，还可以帮助说，而说话也可以帮助写；可是会写不会说和会说不会写的人还是有。这就见得写和说到底是两回事了。大概学写主要得靠诵读，文言白话都是如此；单靠说话学不成文言也学不好白话。现在许多学生很能说话，却写不通白话文，就因为他们诵读太少，不懂得如何将说话时的声调等等包含在白话文里。他们的作文让他们自己念给别人听，满对，可是让别人看就看出不通来了。他们会说话到一种程度，能以在诵读自己作文的时候，加进那些并没有能够包含在作文里的成分去，所以自己和别人听起来都合式；他们自己看的时候，也还能够如此。等到别人看，别人凭一般诵读的习惯，只能发挥那些作文里包含得有的，却不能无中生有，这就漏了。至于学说话，主要的得靠说话；多读熟白话文，多少有些帮助，多少能够促进，可是主要的还得靠说话。只注重诵读和写作而忽略了说话，自然容易成为会写而说不好的人。至于李长之先生提到鲁迅先生，又当别论。鲁迅先生是会说话的，不过不大会说北平话。他写的是白话文，不是白话。长之先生赞美座谈会中顾随先生读的《阿Q正传》，说是“觉得鲁迅运用北平的口语实在好极了”。我当时不在场，想来那恐怕一半应该归功于顾先生的诵读的。

再说用说话的调子诵读白话诗，那是比诵读白话文更不等于说话。如上文所说诗是精炼的语言，跟平常的说话自然差得多些。精炼靠着暗示和重叠。暗示靠新鲜的比喻和经济的语句；重叠不是机械的，得变化，得多样。这就近乎歌而带有音乐性

批注空间

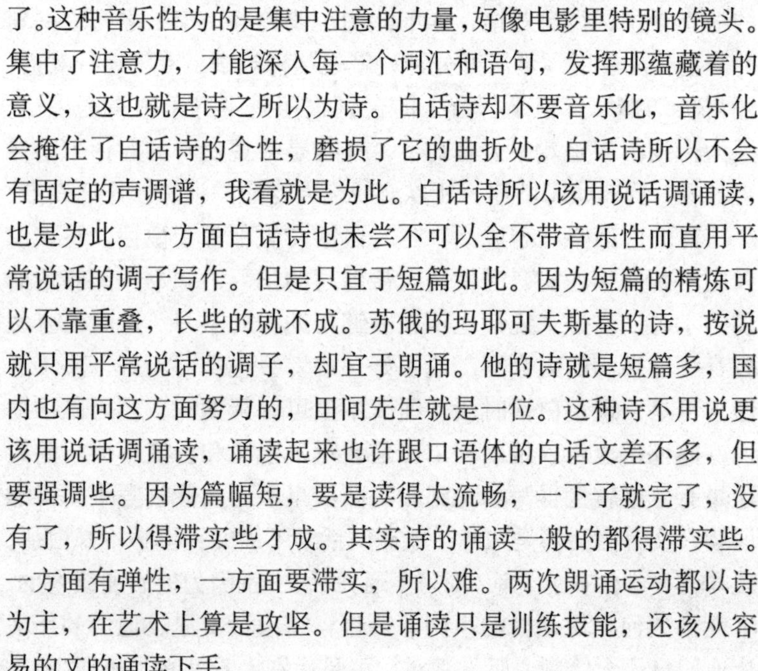

了。这种音乐性为的是集中注意的力量，好像电影里特别的镜头。集中了注意力，才能深入每一个词汇和语句，发挥那蕴藏着的意义，这也就是诗之所以为诗。白话诗却不要音乐化，音乐化会掩住了白话诗的个性，磨损了它的曲折处。白话诗所以不会有固定的声调谱，我看就是为此。白话诗所以该用说话调诵读，也是为此。一方面白话诗也未尝不可以全不带音乐性而直用平常说话的调子写作。但是只宜于短篇如此。因为短篇的精炼可以不靠重叠，长些的就不成。苏俄的玛耶可夫斯基的诗，按说就只用平常说话的调子，却宜于朗诵。他的诗就是短篇多，国内也有向这方面努力的，田间先生就是一位。这种诗不用说更该用说话调诵读，诵读起来也许跟口语体的白话文差不多，但要强调些。因为篇幅短，要是读得太流畅，一下子就完了，没有了，所以得滞实些才成。其实诗的诵读一般的都得滞实些。一方面有弹性，一方面要滞实，所以难。两次朗诵运动都以诗为主，在艺术上算是攻坚。但是诵读只是训练技能，还该从容易的文的诵读下手。

《大公报》，1946 年

简析

诵读是我们学习诗文必需的步骤，更是一个领会精髓的快捷途径。热爱诵读吟唱不一定要深谙音律，只要注意声情并茂，突出抑扬顿挫，体会字里行间的情感，抓其本质即可，熟读、精思、成诵是我们追求的最高境界。诵读诗文能陶冶情操，提高人文素养，启迪智慧，乐趣在其中，收获在其中。

论雅俗共赏

陶渊明有“奇文共欣赏，疑义相与析”的诗句，那是一些“素心人”的乐事，“素心人”当然是雅人，也就是士大夫。这两句诗后来凝结成“赏奇析疑”一个成语，“赏奇析疑”是一种雅事，俗人的小市民和农家子弟是没有份儿的。然而又出现了“雅俗共赏”这一个成语，“共赏”显然是“共欣赏”的简化，可是这是雅人和俗人或俗人跟雅人一同在欣赏，那欣赏的大概不会还是“奇文”罢。这句成语不知道起于什么时代，从语气看来，似乎雅人多少得理会到甚至迁就着俗人的样子，这大概是在宋朝或者更后罢。

原来唐朝的安史之乱可以说是我们社会变迁的一条分水岭。在这之后，门第迅速的垮了台，社会的等级不像先前那样固定了，“士”和“民”这两个等级的分界不像先前的严格和清楚了，彼此的分子在流通着，上下着。而上去的比下来的多，士人流落民间的究竟少，老百姓加入士流的却渐渐多起来。王侯将相早就没有种了，读书人到了这时候也没有种了；只要家里能够勉强供给一些，自己有些天分，又肯用功，就是个“读书种子”；去参加那些公开的考试，考中了就有官做，至少也落个绅士。这种进展经过唐末跟五代的长期的变乱加了速度，到宋朝又加上印刷术的发达，学校多起来了，士人也多起来了，士人的地位加强，责任也加重了。这些士人多数是来自民间的新的分子，他们多少保留着民间的生活方式和生活态度。他们一面学习和享受那些雅的，一面却还不能摆脱或蜕变那些俗的。人既然很多，

大家是这样，也就不觉其寒尘；不但不觉其寒尘，还要重新估定价值，至少也得调整那旧来的标准与尺度。“雅俗共赏”似乎就是新提出的尺度或标准，这里并非打倒旧标准，只是要求那些雅士理会到或迁就些俗士的趣味，好让大家打成一片。当然，所谓“提出”和“要求”,都只是不自觉的看来是自然而然的趋势。

中唐的时期，比安史之乱还早些，禅宗的和尚就开始用口语记录大师的说教。用口语为的是求真与化俗，化俗就是争取群众。安史乱后,和尚的口语记录更其流行,于是乎有了“语录”这个名称，“语录”就成为一种著述体了。到了宋朝，道学家讲学，更广泛的留下了许多语录；他们用语录，也还是为了求真与化俗，还是为了争取群众。所谓求真的“真”，一面是如实和直接的意思。禅家认为第一义是不可说的，语言文字都不能表达那无限的可能，所以是虚妄的。然而实际上语言文字究竟是不免要用的一种“方便”，记录文字自然越近实际的、直接的说话越好。在另一面这“真”又是自然的意思，自然才亲切，才让人容易懂,也就是更能收到化俗的功效,更能获得广大的群众。道学主要的是中国的正统的思想，道学家用了语录做工具，大大的增强了这种新的文体的地位，语录就成为一种传统了。比语录体稍稍晚些，还出现了一种宋朝叫做“笔记”的东西。这种作品记述有趣味的杂事，范围很宽，一方面发表作者自己的意见，所谓议论，也就是批评，这些批评往往也很有趣味。作者写这种书,只当做对客闲谈,并非一本正经,虽然以文言为主，可是很接近说话。这也是给大家看的，看了可以当做“谈助”，增加趣味。宋朝的笔记最发达，当时盛行，流传下来的也很多。目录家将这种笔记归在“小说”项下，近代书店汇印这些笔记，更直题为“笔记小说”；中国古代所谓“小说”，原是指记述杂事的趣味作品而言的。

那里我们得特别提到唐朝的“传奇”。“传奇”据说可以见出作者的“史才、诗、笔、议论”，是唐朝士子在投考进士以前用来送给一些大人先生看，介绍自己，求他们给自己宣传的。其中不外乎灵怪、艳情、剑侠三类故事，显然是以供给“谈助”，引起趣味为主。无论照传统的意念，或现代的意念，这些“传

批注空间

奇”无疑的是小说，一方面也和笔记的写作态度有相类之处。照陈寅恪先生的意见，这种“传奇”大概起于民间，文士是仿作，文字里多口语化的地方。陈先生并且说唐朝的古文运动就是从这儿开始。他指出古文运动的领导者韩愈的《毛颖传》，正是仿“传奇”而作。我们看韩愈的“气盛言宜”，的理论和他的参差错落的文句，也正是多多少少在口语化。他的门下的“好难”、“好易”两派，似乎原来也都是在试验如何口语化。可是“好难”的一派过分强调了自己，过分想出奇制胜，不管一般人能够了解欣赏与否，终于被人看做“诡”和“怪”而失败，于是宋朝的欧阳修继承了“好易”的一派的努力而奠定了古文的基础。——以上说的种种，都是安史乱后几百年间自然的趋势，就是那雅俗共赏的趋势。

宋朝不但古文走上了“雅俗共赏”的路，诗也走向这条路。胡适之先生说宋诗的好处就在“做诗如说话”，一语破的指出了这条路。自然，这条路上还有许多曲折，但是就像不好懂的黄山谷，他也提出了“以俗为雅”的主张，并且点化了许多俗语成为诗句。实践上“以俗为雅”，并不从他开始，梅圣俞、苏东坡都是好手，而苏东坡更胜。据记载梅和苏都说过“以俗为雅”这句话，可是不大靠得住；黄山谷却在《再次杨明叔韵》一诗的“引”里郑重的提出“以俗为雅，以故为新”，说是“举一纲而张万目”。他将“以俗为雅”放在第一，因为这实在可以说是宋诗的一般作风，也正是“雅俗共赏”的路。但是加上“以故为新”，路就曲折起来，那是雅人自赏，黄山谷所以终于不好懂了。不过黄山谷虽然不好懂，宋诗却终于回到了“做诗如说话”的路，这“如说话”，的确是条大路。

雅化的诗还不得不回向俗化，刚刚来自民间的词，在当时不用说自然是“雅俗共赏”的。别瞧黄山谷的有些诗不好懂，他的一些小词可够俗的。柳耆卿更是个通俗的词人。词后来虽然渐渐雅化或文人化，可是始终不能雅到诗的地位，它怎么着也只是“诗馀”。词变为曲，不是在文人手里变，是在民间变的；曲又变得比词俗，虽然也经过雅化或文人化，可是还雅不到词的地位，它只是“词馀”。一方面从晚唐和尚的俗讲演变出来的

宋朝的“说话”就是说书，乃至后来的平话以及章回小说，还有宋朝的杂剧和诸宫调等等转变成功的元朝的杂剧和戏文，乃至后来的传奇，以及皮簧戏，更多半是些“不登大雅”的“俗文学”。这些除元杂剧和后来的传奇也算是“词馀”以外，在过去的文学传统里简直没有地位；也就是说这些小说和戏剧在过去的文学传统里多半没有地位，有些有点地位，也不是正经地位。可是虽然俗，大体上却“俗不伤雅”，虽然没有什么地位，却总是“雅俗共赏”的玩艺儿。

“雅俗共赏”是以雅为主的，从宋人的“以俗为雅”以及常语的“俗不伤雅”，更可见出这种宾主之分。起初成群俗士蜂拥而上，固然逼得原来的雅士不得不理会到甚至迁就着他们的趣味，可是这些俗士需要摆脱的更多。他们在学习，在享受，也在蜕变，这样渐渐适应那雅化的传统，于是乎新旧打成一片，传统多多少少变了质继续下去。前面说过的文体和诗风的种种改变，就是新旧双方调整的过程，结果迁就的渐渐不觉其为迁就，学习的也渐渐习惯成了自然，传统的确稍稍变了质，但是还是文言或雅言为主，就算跟民众近了一些，近得也不太多。

至于词曲，算是新起于俗间，实在以音乐为重，文辞原是无关轻重的；“雅俗共赏”，正是那音乐的作用。后来雅士们也曾分别将那些文辞雅化，但是因为音乐性太重，使他们不能完成那种雅化，所以词曲终于不能达到诗的地位。而曲一直配合着音乐，雅化更难，地位也就更低，还低于词一等。可是词曲到了雅化的时期，那“共赏”的人却就雅多而俗少了。真正“雅俗共赏”的是唐、五代、北宋的词，元朝的散曲和杂剧，还有平话和章回小说以及皮簧戏等。皮簧戏也是音乐为主，大家直到现在都还在哼着那些粗俗的戏词，所以雅化难以下手，虽然一二十年来这雅化也已经试着在开始。平话和章回小说，传统里本来没有，雅化没有合式的榜样，进行就不易。《三国演义》虽然用了文言，却是俗化的文言，接近口语的文言，后来的《水浒》、《西游记》、《红楼梦》等就都用白话了。不能完全雅化的作品在雅化的传统里不能有地位，至少不能有正经的地位。雅化程度的深浅，决定这种地位的高低或有没有，一方面也决定

"雅俗共赏"的范围的小和大——雅化越深，"共赏"的人越少，越浅也就越多。所谓多少，主要的是俗人，是小市民和受教育的农家子弟。在传统里没有地位或只有低地位的作品，只算是玩艺儿；然而这些才接近民众，接近民众却还能教"雅俗共赏"，雅和俗究竟有共通的地方，不是不相理会的两橛了。

单就玩艺儿而论，"雅俗共赏"虽然是以雅化的标准为主，"共赏"者却以俗人为主。固然，这在雅方得降低一些，在俗方也得提高一些，要"俗不伤雅"才成；雅方看来太俗，以至于"俗不可耐"的，是不能"共赏"的。但是在什么条件之下才会让俗人所"赏"的，雅人也能来"共赏"呢？我们想起了"有目共赏"这句话。孟子说过"不知子都之姣者，无目者也"，"有目"是反过来说，"共赏"还是陶诗"共欣赏"的意思。子都的美貌，有眼睛的都容易辨别，自然也就能"共赏"了。孟子接着说："口之于味也，有同嗜焉；耳之于声也，有同听焉；目之于色也，有同美焉。"这说的是人之常情，也就是所谓人情不相远。但是这不相远似乎只限于一些具体的、常识的、现实的事物和趣味。譬如北平罢，故宫和颐和园，包括建筑，风景和陈列的工艺品，似乎是"雅俗共赏"的，天桥在雅人的眼中似乎就有些太俗了。说到文章，俗人所能"赏"的也只是常识的，现实的。后汉的王充出身是俗人，他多多少少代表俗人说话，反对难懂而不切实用的辞赋，却赞美公文能手。公文这东西关系雅俗的现实利益，始终是不曾完全雅化了的。再说后来的小说和戏剧，有的雅人说《西厢记》诲淫，《水浒传》诲盗，这是"高论"。实际上这一部戏剧和这一部小说都是"雅俗共赏"的作品。《西厢记》无视了传统的礼教，《水浒传》无视了传统的忠德，然而"男女"是"人之大欲"之一，"官逼民反"，也是人之常情，梁山泊的英雄正是被压迫的人民所想望的。俗人固然同情这些，一部分的雅人，跟俗人相距还不太远的，也未尝不高兴这两部书说出了他们想说而不敢说的。这可以说是一种快感，一种趣味，可并不是低级趣味；这是有关系的，也未尝不是有节制的。"诲淫""诲盗"只是代表统治者的利益的说话。

十九世纪二十世纪之交是个新时代，新时代给我们带来了

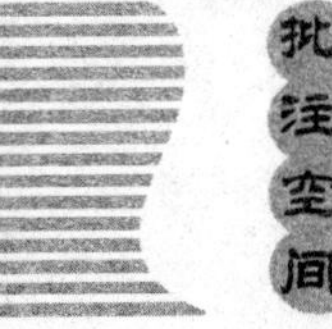

新文化，产生了我们的知识阶级。这知识阶级跟从前的读书人不大一样，包括了更多的从民间来的分子，他们渐渐跟统治者拆伙而走向民间。于是乎有了白话正宗的新文学，词曲和小说戏剧都有了正经的地位。还有种种欧化的新艺术。这种文学和艺术却并不能让小市民来“共赏”，不用说农工大众。于是乎有人指出这是新绅士也就是新雅人的欧化，不管一般人能够了解欣赏与否。他们提倡“大众语”运动。但是时机还没有成熟，结果不显著。抗战以来又有“通俗化”运动，这个运动并已经在开始转向大众化。“通俗化”还分别雅俗，还是“雅俗共赏”的路，大众化却更进一步要达到那没有雅俗之分，只有“共赏”的局面。这大概也会是所谓由量变到质变罢。

《观察》

简 析

雅俗共赏的文学是被人民大众普遍接受的文学，是最有生命力的文学。所以无论是雅文学还是俗文学，在其发展过程中就会逐渐地趋向普遍化，而走上雅俗共赏的路子。“雅而不离本色，俗而有味外之旨”，这就是文学作品最高的美学追求，有些是俗中求雅，由俗向雅推进；有些是雅中还俗，由雅向俗回归。文学在其自身规律的作用下，逐渐地趋向完美，贴近了人们的审美取向。

批注空间

论百读不厌

前些日子参加了一个讨论会，讨论赵树理先生的《李有才板话》。座中一位青年提出了一件事实：他读了这本书觉得好，可是不想重读一遍。大家费了一些时候讨论这件事实。有人表示意见，说不想重读一遍，未必减少这本书的好，未必减少它的价值。但是时间匆促，大家没有达到明确的结论。一方面似乎大家也都没有重读过这本书，并且似乎从没有想到重读它。然而问题不但关于这一本书，而是关于一切文艺作品。为什么一些作品有人"百读不厌"，另一些却有人不想读第二遍呢？是作品的不同吗？是读的人不同吗？如果是作品不同，"百读不厌"是不是作品评价的一个标准呢？这些都值得我们思索一番。

苏东坡有《送章　秀才失解西归》诗，开头两句是：

旧书不厌百回读，
熟读深思子自知。

"百读不厌"这个成语就出在这里。"旧书"指的是经典，所以要"熟读深思"。《三国志·魏志·王肃传·注》：

人有从（董遇）学者，遇不肯教，而云"必当先读百遍"，言"读书百遍而意自见"。

经典文字简短，意思深长，要多读，熟读，仔细玩味，才

能了解和体会。所谓“意自见”，“子自知”，着重自然而然，这是不能着急的。这诗句原是安慰和勉励那考试失败的章　秀才的话，劝他回家再去安心读书，说“旧书”不嫌多读，越读越玩味越有意思。固然经典值得“百回读”，但是这里着重的还在那读书的人。简化成“百读不厌”这个成语，却就着重在读的书或作品了。这成语常跟另一成语“爱不释手”配合着，在读的时候“爱不释手”，读过了以后“百读不厌”。这是一种赞词和评语，传统上确乎是一个评价的标准。当然，“百读”只是“重读”“多读”“屡读”的意思，并不一定一遍接着一遍的读下去。

经典给人知识，教给人怎样做人，其中有许多语言的、历史的、修养的课题，有许多注解，此外还有许多相关的考证，读上百遍，也未必能够处处贯通，教人多读是有道理的。但是后来所谓“百读不厌”，往往不指经典而指一些诗，一些文，以及一些小说；这些作品读起来津津有味，重读，屡读也不腻味，所以说“不厌”；“不厌”不但是“不讨厌”，并且是“不厌倦”。诗文和小说都是文艺作品，这里面也有一些语言的和历史的课题，诗文也有些注解和考证；小说方面呢，却直到近代才有人注意这些课题，于是也有了种种考证。但是过去一般读者只注意诗文的注解，不大留心那些课题，对于小说更其如此。他们集中在本文的吟诵或浏览上。这些人吟诵诗文是为了欣赏，甚至于只为了消遣，浏览或阅读小说更只是为了消遣，他们要求的是趣味，是快感。这跟诵读经典不一样。诵读经典是为了知识，为了教训，得认真，严肃，正襟危坐的读，不像读诗文和小说可以马马虎虎的，随随便便的，在床上，在火车轮船上都成。这么着可还能够教人“百读不厌”，那些诗文和小说到底是靠了什么呢?

在笔者看来，诗文主要是靠了声调，小说主要是靠了情节。过去一般读者大概都会吟诵，他们吟诵诗文，从那吟诵的声调或吟诵的音乐得到趣味或快感，意义的关系很少；只要懂得字面儿，全篇的意义弄不清楚也不要紧的。梁启超先生说过李义山的一些诗，虽然不懂得究竟是什么意思，可是读起来还是很有趣味（大意）。这种趣味大概一部分在那些字面儿的影像上，

批注空间

一部分就在那七言律诗的音乐上。字面儿的影像引起人们奇丽的感觉；这种影像所表示的往往是珍奇，华丽的景物，平常人不容易接触到的，所谓“七宝楼台”之类。民间文艺里常常见到的“牙床”等等，也正是这种作用。民间流行的小调以音乐为主，而不注重词句，欣赏也偏重在音乐上，跟吟诵诗文也正相同。感觉的享受似乎是直接的，本能的，即使是字面儿的影像所引起的感觉，也还多少有这种情形，至于小调和吟诵，更显然直接诉诸听觉，难怪容易唤起普遍的趣味和快感。至于意义的欣赏，得靠综合诸感觉的想象力，这个得有长期的教养才成。然而就像教养很深的梁启超先生，有时也还让感觉领着走，足见感觉的力量之大。

小说的“百读不厌”，主要的是靠了故事或情节。人们在儿童时代就爱听故事，尤其爱奇怪的故事。成人也还是爱故事，不过那情节得复杂些。这些故事大概总是神仙、武侠、才子、佳人，经过种种悲欢离合，而以大团圆终场。悲欢离合总得不同寻常，那大团圆才足奇。小说本来起于民间，起于农民和小市民之间。在封建社会里，农民和小市民是受着重重压迫的，他们没有多少自由，却有做白日梦的自由。他们寄托他们的希望于超现实的神仙，神仙化的武侠，以及望之若神仙的上层社会的才子佳人；他们希望有朝一日自己会变成了这样的人物。这自然是不能实现的奇迹，可是能够给他们安慰、趣味和快感。他们要大团圆，正因为他们一辈子是难得大团圆的，奇情也正是常情啊。他们同情故事中的人物，“设身处地”的“替古人担忧”，这也因为事奇人奇的原故。过去的小说似乎始终没有完全移交到士大夫的手里。士大夫读小说，只是看闲书，就是作小说，也只是游戏文章，总而言之，消遣而已。他们得化装为小市民来欣赏，来写作；在他们看，小说奇于事实，只是一种玩艺儿，所以不能认真、严肃，只是消遣而已。

封建社会渐渐垮了，五四时代出现了个人，出现了自我，同时成立了新文学。新文学提高了文学的地位；文学也给人知识，也教给人怎样做人，不是做别人的，而是做自己的人。可是这时候写作新文学和阅读新文学的，只是那变了质的下降的士和

那变了质的上升的农民和小市民混合成的知识阶级，别的人是不愿来或不能来参加的。而新文学跟过去的诗文和小说不同之处，就在它是认真的负着使命。早期的反封建也罢，后来的反帝国主义也罢，写实的也罢，浪漫的和感伤的也罢，文学作品总是一本正经的在表现着并且批评着生活。这么着文学扬弃了消遣的气氛，回到了严肃——古代贵族的文学如《诗经》，倒本来是严肃的。这负着严肃的使命的文学，自然不再注重“传奇”，不再注重趣味和快感，读起来也得正襟危坐，跟读经典差不多，不能再那么马马虎虎，随随便便的。但是究竟是形象化的，诉诸情感的，跟经典以冰冷的抽象的理智的教训为主不同，又是现代的白话，没有那些语言的和历史的问题，所以还能够吸引许多读者自动去读。不过教人“百读不厌”甚至教人想去重读一遍的作品，的确是很少了。

新诗或白话诗，和白话文，都脱离了那多多少少带着人工的、音乐的声调，而用着接近说话的声调。喜欢古诗、律诗和骈文、古文的失望了，他们尤其反对这不能吟诵的白话新诗；因为诗出于歌，一直不曾跟音乐完全分家，他们是不愿扬弃这个传统的。然而诗终于转到意义中心的阶段了。古代的音乐是一种说话，所谓“乐语”，后来的音乐独立发展，变成“好听”为主了。现在的诗既负上自觉的使命，它得说出人人心中所欲言而不能言的，自然就不注重音乐而注重意义了。——一方面音乐大概也在渐渐注重意义，回到说话罢？——字面儿的影像还是用得着，不过一般的看起来，影像本身，不论是鲜明的，朦胧的，可以独立的诉诸感觉的，是不够吸引人了；影像如果必需得用，就要配合全诗的各部分完成那中心的意义，说出那要说的话。在这动乱时代，人们着急要说话，因为要说的话实在太多。小说也不注重故事或情节了，它的使命比诗更见分明。它可以不靠描写，只靠对话，说出所要说的。这里面神仙、武侠、才子、佳人，都不大出现了，偶然出现，也得打扮成平常人；是的，这时代的小说的人物，主要的是些平常人了，这是平民世纪啊。至于文，长篇议论文发展了工具性，让人们更如意的也更精密的说出他们的话，但是这已经成为诉诸理性的了。诉诸情感的是那发展在后的小品散文，就是那标榜“生活的艺术”，抒写“身边琐事”的。这倒是回到趣味中心，企图着教人“百读不厌”的，确乎也风行过一时。然而时代太紧张了，不容许人们那么悠闲；大家嫌小品文近乎所谓“软性”，丢下了它去找那“硬性”的东西。

文艺作品的读者变了质了，作品本身也变了质了，意义和使命压下了趣味，认识和行动压下了快感。这也许就是所谓“硬”的解释。“硬性”的作品得一本正经的读，自然就不容易让人“爱不释手”，“百读不厌”。于是“百读不厌”就不成其为评价的标准了，至少不成其为主要的标准了。但是文艺是欣赏的对象，它究竟是形象化的，诉诸情感的，怎么“硬”也不能“硬”到和论文或公式一样。诗虽然不必再讲那带几分机械性的声调，却不能不讲节奏，说话不也有轻重高低快慢吗？节奏合式，才能集中，才能够高度集中。文也有文的节奏，配合着意义使意义集中。小说是不注重故事或情节了，但也总得有些契机来表现生活和批评它；这些契机得费心思去选择和配合，才能够将那要说的话，要传达的意义，完整的说出来，传达出来。集中了的完整了的意义，才见出情感，才让人乐意接受，“欣赏”就是“乐意接受”的意思。能够这样让人欣赏的作品是好的，是否“百读不厌”，可以不论。在这种情形之下，笔者同意：《李有才板话》即使没有人想重读一遍，也不减少它的价值，它的好。

但是在我们的现代文艺里，让人“百读不厌”的作品也有的。例如鲁迅先生的《阿Q正传》，茅盾先生的《幻灭》、《动摇》、《追求》三部曲，笔者都读过不止一回，想来读过不止一回的人该不少罢。在笔者本人，大概是《阿Q正传》里的幽默和三部曲里的几个女性吸引住了我。这几个作品的好已经定论，它们的意义和使命大家也都熟悉，这里说的只是它们让笔者“百读不厌”的因素。《阿Q正传》主要的作用不在幽默，那三部曲的主要作用也不在铸造几个女性，但是这些却可能产生让人“百读不厌”的趣味。这种趣味虽然不是必要的，却也可以增加作品的力量。不过这里的幽默决不是油滑的，无聊的，也决不是为幽默而幽默，而女性也决不就是色情，这个界限是得弄清楚的。抗战期中，文艺作品尤其是小说的读众大大的增加了。增加的多半是

小市民的读者，他们要求消遣，要求趣味和快感。扩大了的读众，有着这样的要求也是很自然的。长篇小说的流行就是这个要求的反应，因为篇幅长，故事就长，情节就多，趣味也就丰富了。这可以促进长篇小说的发展，倒是很好的。可是有些作者却因为这样的要求，忘记了自己的边界，放纵到色情上，以及粗劣的笑料上，去吸引读众，这只是迎合低级趣味。而读者贪读这一类低级的软性的作品，也只是沉溺，说不上“百读不厌”。“百读不厌”究竟是个赞词或评语，虽然以趣味为主，总要是纯正的趣味才说得上的

《文讯》月刊

简析

真正百读不厌的作品被称为“经典”，也就是最有价值的书。它是智慧的结晶，所载一般为常理常道，真实的人性，其价值历久而弥新，这样的作品才会百读不厌，任何一个文化系统都会滋养出独特的永恒不朽的经典。《红楼梦》百读不厌，《雪国》百读不厌，《浮士德》百读不厌，形式不同，文字迥异，却永远和你的心灵有所契合。

论书生的酸气

读书人又称书生。这固然是个可以骄傲的名字，如说“一介书生”，“书生本色”，都含有清高的意味。但是正因为清高，和现实脱了节，所以书生也是嘲讽的对象。人们常说“书呆子”、“迂夫子”、“腐儒”、“学究”等，都是嘲讽书生的。“呆”是不明利害，“迂”是绕大弯儿，“腐”是顽固守旧，“学究”是指一孔之见。总之，都是知古不知今，知书不知人，食而不化的读死书或死读书，所以在现实生活里老是吃亏、误事、闹笑话。总之，书生的被嘲笑是在他们对于书的过分的执着上；过分的执着书，书就成了话柄了。

但是还有“寒酸”一个话语，也是形容书生的。“寒”是“寒素”，对“膏粱”而言，是魏晋南北朝分别门第的用语。“寒门”或“寒人”并不限于书生，武人也在里头；“寒士”才指书生。这“寒”指生活情形，指家世出身，并不关涉到书；单这个字也不含嘲讽的意味。加上“酸”字成为连语，就不同了，好像一副可怜相活现在眼前似的。“寒酸”似乎原作“酸寒”。韩愈《荐士》诗，“酸寒溧阳尉”，指的是孟郊；后来说“郊寒岛瘦”，孟郊和贾岛都是失意的人，作的也是失意诗。“寒”和“瘦”映衬起来，够可怜相的，但是韩愈说“酸寒”，似乎“酸”比“寒”重。可怜别人说“酸寒”，可怜自己也说“酸寒”，所以苏轼有“故人留饮慰酸寒”的诗句。陆游有“书生老瘦转酸寒”的诗句。“老瘦”固然可怜相，感激“故人留饮”也不免有点儿。范成大说“酸”是“书生气味”，但是他要“洗尽书生气味酸”，那大概是所谓“大

批注空间

丈夫不受人怜”罢？

为什么“酸”是“书生气味”呢？怎么样才是“酸”呢？话柄似乎还是在书上。我想这个“酸”原是指读书的声调说的。晋以来的清谈很注重说话的声调和读书的声调。说话注重音调和辞气，以朗畅为好。读书注重声调，从《世说新语·文学篇》所记殷仲堪的话可见；他说，“三日不读《道德经》，便觉舌本闲强”，说到舌头，可见注重发音，注重发音也就是注重声调。《任诞篇》又记王孝伯说“名士不必须奇才，但使常得无事，痛饮酒，熟读《离骚》，便可称名士”。这“熟读《离骚》”该也是高声朗诵，更可见当时风气。《豪爽篇》记“王司州（胡之）在谢公（安）坐，咏《离骚》、《九歌》‘入不言兮出不辞，乘回风兮载云旗’，语人云，‘当尔时，觉一坐无人。’”正是这种名士气的好例。读古人的书注重声调，读自己的诗自然更注重声调。《文学篇》记着袁宏的故事：

> 袁虎（宏小名虎）少贫，尝为人佣载运租。谢镇西经船行，其夜清风朗月，闻江渚间估客船上有咏诗声，甚有情致，所诵五言，又其所未尝闻，叹美不能已。即遣委曲讯问，乃是袁自咏其所作咏史诗。因此相要，大相赏得。

从此袁宏名誉大盛，可见朗诵关系之大。此外《世说新语》里记着“吟啸”，“啸咏”，“讽咏”，“讽诵”的还很多，大概也都是在朗诵古人的或自己的作品罢。

这里最可注意的是所谓“洛下书生咏”或简称“洛生咏”。《晋书·谢安传》说：

> 安本能为洛下书生咏。有鼻疾，故其音浊。名流爱其咏而弗能及，或手掩鼻以效之。

《世说新语·轻诋》篇却记着：

> 人问顾长康“何以不作洛生咏？”答曰，“何至作老婢声！”

批注空间

刘孝标注，“洛下书生咏音重浊，故云‘老婢声’。”所谓“重浊”，似乎就是过分悲凉的意思。当时诵读的声调似乎以悲凉为主。王孝伯说“熟读《离骚》，便可称名士”，王胡之在谢安坐上咏的也是《离骚》、《九歌》；都是《楚辞》。当时诵读《楚辞》，大概还知道用楚声楚调，乐府曲调里也正有楚调，而楚声楚调向来是以悲凉为主的。当时的诵读大概受到和尚的梵诵或梵唱的影响很大，梵诵或梵唱主要的是长吟，就是所谓“咏”。《楚辞》本多长句，楚声楚调配合那长吟的梵调，相得益彰，更可以“咏”出悲凉的“情致”来。袁宏的咏史诗现存两首，第一首开始就是“周昌梗概臣”一句，“梗概”就是“慷慨”，“感慨”；“慷慨悲歌”也是一种“书生本色”。沈约《宋书》谢灵运传论所举的五言诗名句，钟嵘《诗品·序》里所举的五言诗名句和名篇，差不多都是些“慷慨悲歌”。《晋书》里还有一个故事。晋朝曹摅的《感旧》诗有“富贵他人合，贫贱亲戚离”两句。后来殷浩被废为老百姓，送他的心爱的外甥回朝，朗诵这两句，引起了身世之感，不觉泪下。这是悲凉的朗诵的确例。但是自己若是并无真实的悲哀，只去学时髦，捏着鼻子学那悲哀的“老婢声”的“洛生咏”，那就过了分，那也就是赵宋以来所谓“酸”了。

唐朝韩愈有《八月十五夜赠张功曹》诗，开头是：

纤云四卷天无河，
清风吹空月舒波，
沙平水息声影绝，
一杯相属君当歌。

接着说：

君歌声酸辞且苦，
不能听终泪如雨。

接着就是那“酸”而“苦”的歌辞：

洞庭连天九疑高，蛟龙出没猩鼯号。
十生九死到官所，幽居默默如藏逃。
下床畏蛇食畏药，海气湿蛰熏腥臊。
昨者州前槌大鼓，嗣皇继圣登夔皋。
赦书一日行万里，罪从大辟皆除死。
迁者追回流者还，涤瑕荡垢朝清班。
州家申名使家抑，坎轲只得移荆蛮。
判司卑官不堪说，未免捶楚尘埃间。
同时辈流多上道，天路幽险难追攀！

张功曹是张署，和韩愈同被贬到边远的南方，顺宗即位，只奉命调到近一些的江陵做个小官儿，还不得回到长安去，因此有了这一番冤苦的话。这是张署的话，也是韩愈的话。但是诗里却接着说：

君歌且休听我歌，
我歌今与君殊科。

韩愈自己的歌只有三句：

一年明月今宵多，
人生由命非由他，
有酒不饮奈明何！

他说认命算了，还是喝酒赏月罢。这种达观其实只是苦情的伪装而已。前一段“歌”虽然辞苦声酸，倒是货真价实，并无过分之处。由那“声酸”知道吟诗的确有一种悲凉的声调，而所谓“歌”其实只是讽咏。大概汉朝以来不像春秋时代一样，士大夫已经不会唱歌，他们大多数是书生出身，就用讽咏或吟诵来代替唱歌。他们——尤其是失意的书生——的苦情就发泄在这种吟诵或朗诵里。

战国以来，唱歌似乎就以悲哀为主，这反映着动乱的时代。《列子·汤问篇》记秦青“抚节悲歌，声振林木，响遏行云”，又引秦青的话，说韩娥在齐国雍门地方“曼声哀哭，一里老幼悲愁垂涕相对，三日不食”，后来又“曼声长歌，一里老幼，善跃 舞，弗能自禁”。这里说韩娥虽然能唱悲哀的歌，也能唱快乐的歌，但是和秦青自己独擅悲歌的故事合看，就知道还是悲歌为主。再加上齐国杞梁殖的妻子哭倒了长城的故事，就是现在还在流行的孟姜女哭倒长城的故事，悲歌更为动人，是显然的。书生吟诵，声酸辞苦，正和悲歌一脉相传。但是声酸必须辞苦，辞苦又必须情苦；若是并无苦情，只有苦辞，甚至连苦辞也没有，只有那供人酸鼻的声调，那就过了分，不但不能动人，反要遭人嘲弄了。书生往往自命不凡，得意的自然有，却只是少数，失意的可太多了。所以总是叹老嗟卑，长歌当哭，哭丧着脸一副可怜相。朱子在《楚辞辩证》里说汉人那些模仿的作品“诗意平缓，意不深切，如无所疾痛而强为呻吟者”。“无所疾痛而强为呻吟”就是所谓“无病呻吟”。后来的叹老嗟卑也正是无病呻吟。有病呻吟是紧张的，可以得人同情，甚至叫人酸鼻；无病呻吟，病是装的，假的，呻吟也是装的，假的，假装可以酸鼻的呻吟，酸而不苦像是丑角扮戏，自然只能逗人笑了。

苏东坡有《赠诗僧道通》的诗：

> 雄豪而妙苦而腴，
> 只有琴聪与蜜殊。
> 语带烟霞从古少，
> 气含蔬笋到公无。……

查慎行注引叶梦得《石林诗话》说：

> 近世僧学诗者极多，皆无超然自得之趣，往往掇拾摹仿士大夫所残弃，又自作一种体，格律尤俗，谓之“酸馅气”。子瞻……尝语人云，“颇解‘蔬笋’语否？为无‘酸馅气’也。”闻者无不失笑。

东坡说道通的诗没有“蔬笋”气，也就没有“酸馅气”，和尚修苦行，吃素，没有油水，可能比书生更“寒”更“瘦”；一味反映这种生活的诗，好像酸了的菜馒头的馅儿，干酸，吃不得，闻也闻不得，东坡好像是说，苦不妨苦，只要“苦而腴”，有点儿油水，就不至于那么扑鼻酸了。这酸气的“酸”还是从“声酸”来的。而所谓“书生气味酸”该就是指的这种“酸馅气”。和尚虽苦，出家人原可“超然自得”，却要学吟诗，就染上书生的酸气了。书生失意的固然多，可是叹老嗟卑的未必真的穷苦到他们嗟叹的那地步；倒是“常得无事”，就是“有闲”，有闲就无聊，无聊就作成他们的“无病呻吟”了。宋初西昆体的领袖杨亿讥笑杜甫是“村夫子”，大概就是嫌他叹老嗟卑的太多。但是杜甫“窃比稷与契”，嗟叹的其实是天下之大，决不止于自己的鸡虫得失。杨亿是个得意的人，未免忘其所以，才说出这样不公道的话。可是像陈师道的诗，叹老嗟卑，吟来吟去，只关一己，的确叫人腻味，这就落了套子，落了套子就不免有些“无病呻吟”，也就是有些“酸”了。

道学的兴起表示书生的地位加高，责任加重，他们更其自命不凡了，自嗟自叹也更多了。就是眼光如豆的真正的“村夫子”或“三家村学究”，也要哼哼唧唧的在人面前卖弄那背得的几句死书，来嗟叹一切，好搭起自己的读书人的空架子。鲁迅先生笔下的“孔乙己”，似乎是个更破落的读书人，然而“他对人说话，总是满口之乎者也，教人半懂不懂的”。人家说他偷书，他却争辩着，“窃书不能算偷……窃书！……读书人的事，能算偷么？”“接连便是难懂的话，什么‘君子固穷’，什么‘者乎’之类，引得众人都哄笑起来”。孩子们看着他的茴香豆的碟子。

> 孔乙己着了慌，伸开五指将碟子罩住，弯下腰去说道，“不多了，我已经不多了。”直起身又看一看豆，自己摇头说，“不多不多！‘多乎哉？不多也。’”于是这一群孩子都在笑声里走散了。

破落到这个地步，却还只能“满口之乎者也”，和现实的人民隔得老远的，“酸”到这地步真是可笑又可怜了。“书生本色”虽然有时是可敬的，然而他的酸气总是可笑又可怜的。最足以表现这种酸气的典型，似乎是戏台上的文小生，尤其是昆曲里的文小生，那哼哼唧唧、扭扭捏捏、摇摇摆摆的调调儿，真够“酸”的！这种典型自然不免夸张些，可是许差不离儿罢。

向来说“寒酸”、“穷酸”，似乎酸气老聚在失意的书生身上。得意之后，见多识广，加上“一行作吏，此事便废”，那时就会不再执着在书上，至少不至于过分的执着在书上，那“酸气味”是可以多多少少“洗”掉的。而失意的书生也并非都有酸气。他们可以看得开些，所谓达观，但是达观也不易，往往只是伪装。他们可以看远大些，“梗概而多气”是雄风豪气，不是酸气。至于近代的知识分子，让时代逼得不能读死书或死读书，因此也就不再执着那些古书。文言渐渐改了白话，吟诵用不上了；代替吟诵的是又分又合的朗诵和唱歌。最重要的是他们看清楚了自己，自己是在人民之中，不能再自命不凡了。他们虽然还有些闲，可是要“常得无事”却也不易。他们渐渐丢了那空架子，脚踏实地向前走去。早些时还不免带着感伤的气氛，自爱自怜，一把眼泪一把鼻涕的；这也算是酸气，虽然念诵的不是古书而是洋书。可是这几年时代逼得更紧了，大家只得抹干了鼻涕眼泪走上前去。这才真是“洗尽书生气味酸”了。

《世纪评论》

简 析

提到书生，浮现在眼前的就是杜甫的《茅屋为秋风所破歌》和孔乙己的“窃书不能算偷”，这就是千百年来关于书生的形象定式，他们贫苦，寒酸，清高，迂腐。虽才高八斗、学富五车却总是怀才不遇，四处碰壁。回眸今天，知识分子成了真正的天之骄子，是全社会的焦点，但其中有人仍然清贫自守，带着书生本有的酸气，追逐真善美，独守一方精神净土，这才是真正值得敬佩的文人风骨！

批注空间

正义

人间的正义是在哪里呢？

正义是在我们的心里！从明哲的教训和见闻的意义中，我们不是得着大批的正义么？但白白的搁在心里，谁也不去取用，却至少是可惜的事。两石白米堆在屋里，总要吃它干净，两箱衣服堆在屋里，总要轮流穿换，一大堆正义却扔在一旁，满不理会，我们真大方，真舍得！看来正义这东西也真贱，竟抵不上白米的一个尖儿，衣服的一个扣儿。——爽性用它不着，倒也罢了，谁都又装出一副发急的样子，张张皇皇的寻觅着。这个葫芦里卖的什么药？我的聪明的同伴呀，我真想不通了！

我不曾见过正义的面，只见过它的弯曲的影儿——在“自我”的唇边，在“威权”的面前，在“他人”的背后。

正义可以做幌子，一个漂亮的幌子，所以谁都愿意念着它的名字。“我是正经人，我要做正经事”，谁都向他的同伴这样隐隐的自诩着。但是除了用以“自诩”之外，正义对于他还有什么作用呢？他独自一个时，在生人中间时，早忘了它的名字，而去创造“自己的正义”了！他所给予正义的，只是让它的影儿在他的唇边闪烁一番而已。但是，这毕竟不算十分孤负正义，比那凭着正义的名字以行罪恶的，还胜一筹。可怕的正是这种假名行恶的人。他嘴里唱着正义的名字，手里却满满的握着罪恶；他将这些罪恶送给社会，粘上金碧辉煌的正义的签条送了去。社会凭着他所唱的名字和所粘的签条，欣然受了这份礼；就是明知道是罪恶，也还是欣然受了这份礼！易卜生“社会栋梁”一出戏，就是这种情形。这种人的唇边，虽更频繁的闪烁着正义的弯曲的影儿，但是深藏在他们心底的正义，只怕早已霉了，烂了，且将毁灭了。在这些人里，我见不着正义！

在亲子之间，师傅学徒之间，军官兵士之间，上司属僚之间，仰乎有正义可见了，但是也不然。卑幼大抵顺从他们长上的，长上要施行正义于他们，他们诚然是不“能”违抗的——甚至“父教子死，子不得不死”一类话也说出来了。他们发见有形的扑鞭和无形的赏罚在长上们的背后，怎敢去违抗呢？长上们凭着威权的名字施行正义，他们怎敢不遵呢？但是你私下问他们，“信么？服么？”他们必摇摇他们的头，甚至还奋起他们的双拳呢！这正是因为长上们不凭着正义的名字而施行正义的缘故了。这种正义只能由长上行于卑幼，卑幼是不能行于长上的，所以是偏颇的；这种正义只能施于卑幼，而不能施于他人，所以是破碎的；这种正义受着威权的鼓弄，有时不免要扩大到它的应有的轮廓之外，那时它又是肥大的。这些仍旧只是正义的弯曲的影儿。不凭着正义的名字而施行正义，我在这等人里，仍旧见不着它！

在没有威权的地方，正义的影儿更弯曲了。名位与金钱的面前，正义只剩淡如水的微痕了。你瞧现在一班大人先生见了所谓督军等人的劲儿！他们未必愿意如此的，但是一当了面，估量着对手的名位，就不免心里一软，自然要给他一些面子——于是不知不觉地就敷衍起来了。至于平常的人，偶然见了所谓名流，也不免要吃一惊，那时就是心里有一百二十个不以为然，也只好姑且放下，另做出一番“足恭”的样子，以表倾慕之诚。所以一班达官通人，差不多是正义的化外之民，他们所做的都是合于正义的，乃至他们所做的就是正义了！——在他们实在无所谓正义与否了。呀！这样，正义岂不已经沦亡了？却又不然。须知我只说“面前”是无正义的，“背后”的正义却幸而还保留着。社会的维持，大部分或者就靠着这背后的正义罢。但是背后的正义，力量究竟是有限的，因为隔开一层，不由得就单弱了。一个为富不仁的人，背后虽然免不了人们的指谪，面前却只有恭敬。一个华服翩翩的人，犯了违警律，就是警察也要让他五分。这就是我们的正义了！我们的正义百分之九十九是在背后的，而在极亲近的人间，有时连这个背后的正义也没有！

批注空间

批注空间

因为太亲近了，什么也可以原谅了，什么也可以马虎了，正义就任怎么弯曲也可以了。背后的正义只有存生疏的人们间。生疏的人们间，没有什么密切的关系，自然可以用上正义这个幌子。至于一定要到背后才叫出正义来，那全是为了情面的缘故。情面的根底大概也是一种同情，一种廉价的同情。现在的人们只喜欢廉价的东西，在正义与情面两者中，就尽先取了情面，而将正义放在背后。在极亲近的人间，情面的优先权到了最大限度，正义就几乎等于零，就是在背后也没有了。背后的正义虽也有相当的力量，但是比起面前的正义就大大的不同，启发与戒惧的功能都如搀了水的薄薄的牛乳似的——于是仍旧只算是一个弯曲的影儿。在这些人里，我更见不着正义！

人间的正义究竟是在哪里呢？满藏在我们心里！为什么不取出来呢？它没有优先权！在我们心里，第一个尖儿是自私，其余就是威权，势力，亲疏，情面等等；等到这些角色一一演毕，才轮得到我们可怜的正义。你想，时候已经晚了，它还有出台的机会么？没有！所以你要正义出台，你就得排除一切，让它做第一个尖儿。你得凭着它自己的名字叫它出台。你还得抖擞精神，准备一副好身手，因为它是初出台的角儿，捣乱的人必多，你得准备着打——不打不成相识呀！打得站住了脚携住了手，那时我们就能从容的瞻仰正义的面目了。

《我们的七月》，1924 年

简析

正义是一个古老的概念，也是一个永恒的概念，它是不可能用一两句话就说得清楚的，需要透过整个人类历史去感知。通观全篇，先生在诠释正义，寻找正义，呼唤正义。中华民族的历史充满着善良与丑恶的交战，正义与邪恶的争抢，炎黄子孙用忠诚与正义写就了历史，这样才有了我们幸福的今天。生命如水，我们要继续沉稳而坚定地捍卫世间的正义和真理，在风雨中坚守美丽。

批注空间

论自己

翻开辞典，“自”字下排列着数目可观的成语，这些“自”字多指自己而言。这中间包括着一大堆哲学，一大堆道德，一大堆诗文和废话，一大堆人，一大堆我，一大堆悲喜剧。自己“真乃天下第一英雄好汉”，有这么些可说的，值得说值不得说的！难怪纽约电话公司研究电话里最常用的字，在五百次通话中会发现三千九百九十次的“我”。这“我”字便是自己称自己的声音，自己给自己的名儿。

自爱自怜！真是天下第一英雄好汉也难免的，何况区区寻常人！冷眼看去，也许只觉得那枉自尊大狂妄得可笑；可是这只见了真理的一半儿。掉过脸儿来，自爱自怜确也有不得不自爱自怜的。幼小时候有父母爱怜你，特别是有母亲爱怜你。到了长大成人，“娶了媳妇儿忘了娘”，娘这样看时就不必再爱怜你，至少不必再像当年那样爱怜你。——女的呢，“嫁出门的女儿，泼出门的水”；做母亲的虽然未必这样看，可是形格势禁而且鞭长莫及，就是爱怜得着，也只算找补点罢了。爱人该爱怜你？然而爱人们的嘴一例是甜蜜的，谁能说“你泥中有我，我泥中有你！”真有那么回事儿？赶到爱人变了太太，再生了孩子，你算成了家，太太得管家管孩子，更不能一心儿爱怜你。你有时候会病，“久病床前无孝子”，太太怕也够倦的，够烦的。住医院？好，假如有运气住到像当年北平协和医院样的医院里去，倒是比家里强得多。但是护士们看护你，是服务，是工作；也许夹上点儿爱怜在里头，那是“好生之德”，不是爱怜你，是爱

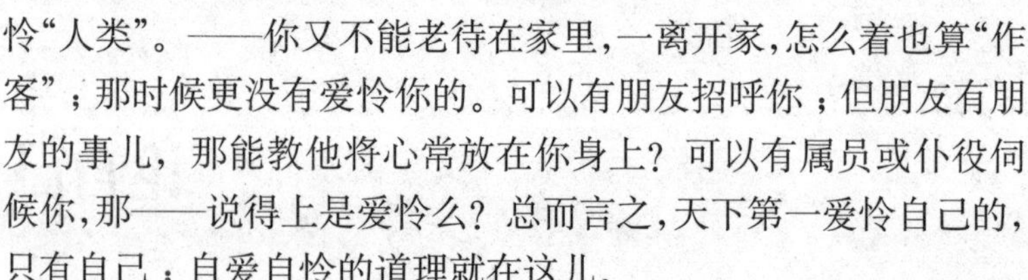

怜“人类”。——你又不能老待在家里,一离开家,怎么着也算“作客”;那时候更没有爱怜你的。可以有朋友招呼你;但朋友有朋友的事儿,那能教他将心常放在你身上?可以有属员或仆役伺候你,那——说得上是爱怜么?总而言之,天下第一爱怜自己的,只有自己;自爱自怜的道理就在这儿。

再说,“大丈夫不受人怜。”穷有穷干,苦有苦干;世界那么大,凭自己的身手,那儿就打不开一条路?何必老是向人愁眉苦脸唉声叹气的!愁眉苦脸不顺耳,别人会来爱怜你?自己免不了伤心的事儿,咬紧牙关忍着,等些日子,等些年月,会平静下去的。说说也无妨,只别不拣时候不看地方老是向人叨叨,叨叨得谁也不耐烦的岔开你或者躲开你。也别怨天怨地将一大堆感叹的句子向人身上扔过去。你怨的是天地,倒碍不着别人,只怕别人奇怪你的火气怎么这样大。——自己也免不了吃别人的亏。值不得计较的,不做声吞下肚去。出入大的想法子复仇,力量不够,卧薪尝胆的准备着。可别这儿那儿尽嚷嚷——嚷嚷完了一扔开,倒便宜了那欺负你的人。“好汉胳膊折了往袖子里藏”,为的是不在人面前露怯相,要人爱怜这“苦人儿”似的,这是要强,不是装。说也怪,不受人怜的人倒是能得人怜的人;要强的人总是最能自爱自怜的人。

大丈夫也罢,小丈夫也罢,自己其实是渺乎其小的,整个儿人类只是一个小圆球上一些碳水化合物,像现代一位哲学家说的,别提一个人的自己了。庄子所谓马体一毛,其实还是放大了看的。英国有一家报纸登过一幅漫画,画着一个人,仿佛在一间铺子里,周遭陈列着从他身体里分析出来的各种原素,每种标明分量和价目,总数是五先令——那时合七元钱。现在物价涨了,怕要合国币一千元了罢?然而,个人的自己也就值区区这一千元儿!自己这般渺小,不自爱自怜着点又怎么着!然而,“顶天立地”的是自己,“天地与我并生,万物与我为一”的也是自己;有你说这些大处只是好听的话语,好看的文句?你能愣说这样的自己没有!有这么的自己,岂不更值得自爱自怜的?再说自己的扩大,在一个寻常人的生活里也可见出。且先从小处看。小孩子就爱搜集各国的邮票,正是在扩大自己的

批注空间

世界。从前有人劝学世界语，说是可以和各国人通信。你觉得这话幼稚可笑？可是这未尝不是扩大自己的一个方向。再说这回抗战，许多人都走过了若干地方，增长了若干阅历。特别是青年人身上，你一眼就看出来，他们是和抗战前不同了，他们的自己扩大了。——这样看，自己的小，自己的大，自己的由小而大，在自己都是好的。

自己都觉得自己好，不错；可是自己的确也都爱好。做官的都爱做好官，不过往往只知道爱做自己家里人的好官，自己亲戚朋友的好官；这种好官往往是自己国家的贪官污吏。做盗贼的也都爱做好盗贼——好喽 ，好伙伴，好头儿，可都只在贼窝里。有大好，有小好，有好得这样坏。自己关闭在自己的丁点大的世界里，往往越爱好越坏。所以非扩大自己不可。但是扩大自己得一圈儿一圈儿的，得充实，得踏实。别像肥皂泡儿，一大就裂。“大丈夫能屈能伸”，该屈的得屈点儿，别只顾伸出自己去。也得估计自己的力量。力量不够的话，“人一能之，己百之，人十能之，己千之”；得寸是寸，得尺是尺。总之路是有的。看得远，想得开，把得稳；自己是世界的时代的一环，别脱了节才真算好。力量怎样微弱，可是是自己的。相信自己，靠自己，随时随地尽自己的一份儿往最好里做去，让自己活得有意思，一时一刻一分一秒都有意思。这么着，自爱自怜才真是有道理的。

《文学创作》，1942 年

简 析

自己是自己最熟悉的陌生人，在懵懵懂懂中我这样认为。广阔的苍穹下，一部分人攀登着、忙碌着，一心想着争取属于自己的名利，在喧嚣的凡尘中他们默许着人不为己，天诛地灭的游戏规则。而另一类人则相反，他们顺从天意，随遇而安，在凡尘中独守飘逸，在喧嚣中品味隽永，在逆流中坚守风骨。万籁俱寂之时，我们聆听内心的声音，陌生的自己属于哪一种呢？

论别人

有自己才有别人，也有别人才有自己。人人都懂这个道理，可是许多人不能行这个道理。本来自己以外都是别人，可是有相干的，有不相干的。可以说是“我的”那些，如我的父母妻子，我的朋友等，是相干的别人，其余的是不相干的别人。相干的别人和自己合成家族亲友；不相干的别人和自己合成社会国家。自己也许愿意只顾自己，但是自己和别人是相对的存在，离开别人就无所谓自己，所以他得顾到家族亲友，而社会国家更要他顾到那些不相干的别人。所以“自了汉”不是好汉，“自顾自”不是好话，“自私自利”，“不顾别人死活”，“只知有己，不知有人”的，更都不是好人。所以孔子之道只是个忠恕：忠是己之所欲，以施于人，恕是“己所不欲，勿施于人”。这是一件事的两面，所以说“一以贯之”。孔子之道，只是教人为别人着想。

可是儒家有“亲亲之杀”的话，为别人着想也有个层次。家族第一，亲戚第二，朋友第三，不相干的别人挨边儿。几千年来顾家族是义务，顾别人多多少少只是义气；义务是分内，义气是分外。可是义务似乎太重了，别人压住了自己。这才来了五四时代。这是个自我解放的时代，个人从家族的压迫下挣出来，开始独立在社会上。于是乎自己第一，高于一切，对于别人，几乎什么义务也没有了似的。可是又都要改造社会，改造国家，甚至于改造世界，说这些是自己的责任。虽然是责任，却是无限的责任，爱尽不尽，爱尽多少尽多少；反正社会国家世界都可以只是些抽象名词，不像一家老小在张着嘴等着你。

所以自己顾自己，在实际上第一，兼顾社会国家世界，在名义上第一。这算是义务。顾到别人，无论相干的不相干的，都只是义气，而且是客气。这些解放了的，以及生得晚没有赶上那种压迫的人，既然自己高于一切，别人自当不在眼下，而居然顾到别人，自当算是客气。其实在这些天之骄子各自的眼里，别人都似乎为自己活着，都得来供养自己才是道理。“我爱我”成为风气，处处为自己着想，说是“真”；为别人着想倒说是“假”，是“虚伪”。可是这儿“假”倒有些可爱，“真”倒有些可怕似的。

为别人着想其实也只是从自己推到别人，或将自己当作别人，和为自己着想并无根本的差异。不过推己及人，设身处地，确需要相当的勉强，不像“我爱我”那样出于自然。所谓“假”和“真”大概是这种意思。这种“真”未必就好，这种“假”也未必就是不好。读小说看戏，往往会为书中人戏中人捏一把汗，掉眼泪，所谓替古人担忧。这也是推己及人，设身处地；可是因为人和地只在书中戏中，并非实有，没有利害可计较，失去相干的和不相干的那分别，所以“推”“设”起来，也觉自然而然。作小说的演戏的就不能如此，得观察，揣摩，体贴别人的口气，身分，心理，才能达到“逼真”的地步。特别是演戏，若不能忘记自己，那非糟不可。这个得勉强自己，训练自己；训练越好，越“逼真”，越美，越能感染读者和观众。如果“真”是“自然”，小说的读音，戏剧的观众那样为别人着想，似乎不能说是“假”。小说的作者，戏剧的演员的观察，揣摩，体贴，似乎“假”，可是他们能以达到“逼真”的地步，所求的还是“真”。在文艺里为别人着想是“真”，在实生活里却说是“假”，“虚伪”，似乎是利害的计较使然；利害的计较是骨子，“真”，“假”，“虚伪”只是好看的门面罢了。计较利害过了分，真是像法朗士说的“关闭在自己的牢狱里”；老那么关闭着，非死不可。这些人幸而还能读小说看戏，该仔细吟味，从那里学习学习怎样为别人着想。

五四以来，集团生活发展。这个那个集团和家族一样是具体的，不像社会国家有时可以只是些抽象名词。集团生活将原不相干的别人变成相干的别人，要求你也训练你顾到别人，至少是那广大的相干的别人。集团的约束力似乎一直在增强中，

批注空间

自己不得不为别人着想。那自己第一，自己高于一切的信念似乎渐渐低下头去了。可是来了抗战的大时代。抗战的力量无疑的出于二十年来集团生活的发展。可是抗战以来，集团生活发展得太快了，这儿那儿不免有多少还不能够得着均衡的地方。个人就又出了头，自己就又可以高于一切；现在却不说什么“真”和“假”了，只凭着神圣的抗战的名字做那些自私自利的事，名义上是顾别人，实际上只顾自己。自己高于一切，自己的集团或机关也就高于一切；自己肥，自己机关肥，别人瘦，别人机关瘦，乐自己的，管不着！——瘦瘪了，饿死了，活该！相信最后的胜利到来的时候，别人总会压下那些猖獗的卑污的自己的。这些年自己实在太猖獗了，总盼望压下它的头去。自然，一个劲儿顾别人也不一定好。仗义忘身，急人之急，确是英雄好汉，但是难得见。常见的不是敷衍妥协的乡愿，就是卑屈甚至谄媚的可怜虫，这些人只是将自己丢进了垃圾堆里！可是，有人说得好，人生是个比例问题。目下自己正在张牙舞爪的，且头痛医头，脚痛医脚，先来多想想别人罢！

《文聚》，1943 年

简析

人之所以高于万物、尊于万物、贵于万物，绝不是上天的厚待，人类异于万物是因为他的社会性，人类将自己视为一个集体，在漫长的进化过程中利用了集体的力量，在宇宙苍穹的优胜劣汰中成为最后的赢家。所以今天我们也要铭记这样的原则，将别人放在和自己平行的位置上，尊重、鼓励、赞美别人，因为善待别人就是善待自己！

论废话

“废话！”“别费话！”“少说费话！”都是些不客气的语句，用来批评或阻止别人的话的。这可以是严厉的申斥，可以只是亲密的玩笑，要看参加的人，说的话，和用这些语句的口气。“废”和“费”两个不同的字，一般好像表示同样的意思，其实有分别。旧小说里似乎多用“费话”，现代才多用“废话”。前者着重在 唆， 唆所以无用；后者着重在无用，无用就觉 唆。平常说“废物”，“废料”，都指斥无用，“废话”正是一类。“费”是“白费”，“浪费”，虽然指斥，还是就原说话人自己着想，好像还在给他打算似的。“废”却是听话的人直截指斥，不再拐那个弯儿，细味起来该是更不客气些。不过约定俗成，我们还是用“废”为正字。

道家教人“得意而忘言”，言既该忘，到头儿岂非废话？佛家告人真如“不可说”，禅宗更指出“开口便错”：所有言说，到头儿全是废话。他们说言不足以尽意，根本怀疑语言，所以有这种话。说这种话时虽然自己暂时超出人外言外，可是还得有这种话，还得用言来“忘言”，说那“不可说”的。这虽然可以不算矛盾，却是不可解的连环。所有的话到头来都是废话，可是人活着得说些废话，到头来废话还是不可废的。道学家教人少作诗文，说是“玩物丧志”，说是“害道”，那么诗文成了废话，这所谓诗文指表情的作品而言。但是诗文是否真是废话呢？

跟着道家佛家站在高一层看，道学家一切的话也都不免废

批注空间

话；让我们自己在人内言内看，诗文也并不真是废话。人有情有理，一般的看，理就在情中，所以俗话说“讲情理”。俗话也可以说“讲理”，“讲道理”，其实讲的还是“情理”；不然讲死理或死讲理怎么会叫做“不通人情”呢？道学家只看在理上，想要将情抹杀，诗文所以成了废话。但谁能无情？谁不活在情里？人一辈子多半在表情的活着；人一辈子好像总在说理，叙事，其实很少同时不在不知不觉中表情的。“天气好！”“吃饭了？”岂不都是废话？可是老在人嘴里说着。看个朋友商量事儿，有时得闲闲说来，言归正传，写信也常如此。外交辞令更是不着边际的多。——战国时触𬍛说赵太后，也正仗着那一番废话。再说人生是个动，行是动，言也是动；人一辈子一半是行，一半是言。一辈子说话作文，若是都说道理，那有这么多道理？况且谁能老是那么矜持着？人生其实多一半在说废话。诗文就是这种废话。得有点废话，我们才活得有意思。

不但诗文，就是儿歌，民谣，故事，笑话，甚至无意义的接字歌，绕口令等等，也都给人安慰，让人活得有意思。所以儿童和民众爱这些废话，不但儿童和民众，文人，读书人也渐渐爱上了这些。英国吉士特顿曾经提倡“无意义的话”，并会推荐那本《无意义的书》，正是儿歌等等的选本。这些其实就可以译为“废话”和“废话书”，不过这些废话是无意义的。吉士特顿大概觉得那些有意义的废话还不够“废”的，所以百尺竿头更进一步。在繁剧的现代生活里，这种无意义的废话倒是可以慰情，可以给我们休息，让我们暂时忘记一切。这是受用，也就是让我们活得有意思。——就是说理，有时也用得着废话，如逻辑家无意义的例句“张三是大于”，“人类是黑的”等。这些废话最见出所谓无用之用；那些有意义的，其实也都以无用为用。有人曾称一些学者为“有用的废物”，我们也不妨如法炮制，称这些有意义的和无意义的废话为“有用的废话”。废是无用，到头来不可废；就又是有用了。

话说回来，废话都有用么？也不然。汉代申公说，“为政不在多言，顾力行何如耳。”“多言”就是废话。为政该表现于行事，空言不能起信；无论怎么好听，怎么有道理，不能兑现的支票总是废物，不能实践的空言总是废话。这种巧语花言到头来只教人感到欺骗，生出怨望，我们无须“多言”，大家都明白这种废话真是废话。有些人说话爱跑野马，闹得“游骑无归”。有些人作文“下笔千言，离题万里”。但是离题万里跑野马，若能别开生面，倒也很有意思。只怕老在圈儿外兜圈子，兜来兜去老在圈儿外，那就千言万语也是白饶，只教人又腻味又着急。这种才是“知难”；正为不知，所以总说不到紧要去处。这种也真是废话。还有人爱重复别人的话。别人演说，他给提纲挈领；别人谈话，他也给提纲挈领。若是那演说谈话够复杂的或者够杂乱的，我们倒也乐意有人这么来一下。可是别人说得清清楚楚的，他还要来一下，甚至你自己和他谈话，他也要对你来一下——妙在丝毫不觉，老那么津津有味的，真叫人啼笑皆非。其实谁能不重复别人的话，古人的，今人的？但是得变化，加上时代的色彩，境地的色彩，或者自我的色彩，总让人觉得有点儿新鲜玩意儿才成。不然真是废话，无用的废话！

《生活文艺》，1944 年

简析

古往今来没有哪位圣人言必头头是道，字字珠玑。说废话绝不是离经叛道、大逆不道，我们应该用些理智的废话、善意的废话、温暖的废话来装点自己的生活。因为我们的废话中包容着亲情，隐含着爱情，渗透着友情。妈妈牢骚的废话是关心，爱人“肉麻”的废话是赞赏，朋友直爽的废话是劝解。明天让我们心安理得地冲周围的人说些有情、有意、有爱的废话吧！

图书在版编目（CIP）数据

朱自清散文/朱自清著;高长春主编.--长春:
吉林文史出版社,2006.06（2023.9重印）
（名家精品阅读）
ISBN 978-7-80702-420-0

Ⅰ.①朱… Ⅱ.①朱… ②高… Ⅲ.①散文-作品
集-中国-现代 Ⅳ.①I266

中国版本图书馆CIP数据核字（2006）第044953号

名家精品阅读

朱自清散文

ZHUZIQING SANWEN

作者/朱自清　主编/高长春
选题策划/周海英　责任编辑/陈春燕
责任校对/李洁华　封面设计/新华智品
出版发行/吉林出版集团　吉林文史出版社
地址/长春市人民大街4646号　邮编/130021
电话/0431—86037507
网址/www.jlws.com.cn
印刷/北京一鑫印务有限责任公司
版次/2006年6月第1版　2023年9月第7次印刷
开本/720mm×1000mm　1/16
印张/10　字数/200千字
书号/ISBN 978-7-80702-420-0
定价/45.00元